旧校舎《きゅうこうしゃ》

講堂《こうどう》

集会《しゅうかい》などであつまる場所《ばしょ》
体育館《たいいくかん》としてもつかっていた

図工室《ずこうしつ》

天狗《てんぐ》や人魚《にんぎょ》のヴィーナス
などの石《せっ》こう像《ぞう》がある

教室《きょうしつ》

むかしは生徒《せいと》も
すくなく教室《きょうしつ》は
ひとつだけ

トイレ

がんばり入道《にゅうどう》を
はじめいろいろな
妖怪《ようかい》がいる

体育倉庫《たいいくそうこ》

ん…なにか物音《ものおと》が
聞《き》こえるぞ……？！

音楽室《おんがくしつ》

夜《よ》な夜《よ》なゆうめいな
音楽家《おんがくか》たちが絵《え》から
出《て》きて演奏《えんそう》している

図書館《としょかん》

オウマガドキ学園《がくえん》の
歴史《れきし》がつまっている

怪談 オウマガドキ学園《がくえん》

旧校舎《きゅうこうしゃ》のあかずの部屋《へや》

「いっしょに帰《かえ》ろう！」

怪談オウマガドキ学園編集委員会
責任編集・常光徹　絵・村田桃香 かとうくみこ 山﨑克己

どこかにあるけど
どこだかわからない
この世《よ》とあの世《よ》のさかいめあたり
昼《ひる》と夜《よる》とがまじりあう
オウマガドキは
ふしぎの時間《じかん》

とびらがひらけば
そこが入《い》り口《ぐち》
クラスメートは
オバケと幽霊《ゆうれい》と妖怪《ようかい》と……
さあ、もうすぐ授業《じゅぎょう》がはじまるよ
旧校舎閉鎖中
立入禁止

オウマガドキ学園

「旧《きゅう》校《こう》舎《しゃ》のあかずの部《へ》屋《や》」の時《じ》間《かん》割《わり》

はじまりのHR《ホームルーム》
あいかわらずすごいはくりょく…
となりの先生《せんせい》だれ〜？

「みなさん、学園《がくえん》に新《あたら》しい先生《せんせい》をおむかえしました。社会科《しゃかいか》の地理《ちり》を教《おし》えていただくツチノコココロン太先生《たせんせい》です。わからないことはなんでも聞《き》いて、しっかり勉強《べんきょう》しなさい。先生《せんせい》はオウマガドキ学園《がくえん》の卒業生《そつぎょうせい》です。つまり、みなさんの先輩《せんぱい》ですよ」

山姥銀子先生《やまうばぎんこせんせい》が、となりに立《た》っている新任《しんにん》の先生《せんせい》を紹介《しょうかい》した。

ちょっときんちょうした顔《かお》のツチノコ先生《せんせい》があいさつをすませると、山姥先生《やまうばせんせい》は教室《きょうしつ》を出《で》ていった。すぐに河童《かっぱ》の一平《いっぺい》が手《て》をあげた。

「ツチノコ先生《せんせい》、しゅみはなんですか？」

「ぼくのしゅみは山《やま》くだりだ」

「ええー、山《やま》くだり？　山《やま》のぼりじゃないんですか」

一平《いっぺい》が聞《き》きかえした。

「山《やま》のぼりはにがてだけど、頂上《ちょうじょう》からコロコロところがりおりるのはとくいなんだ。妖怪《ようかい》大学主催《だいがくしゅさい》の山《やま》くだり大会《たいかい》では、新記録《しんきろく》で優勝《ゆうしょう》したこともある」

「ほんとうですか」

「ああ、ハゲ山《やま》の頂上《ちょうじょう》からふもとの登山口《とざんぐち》まで、六分《ぷん》三十秒《びょう》でころがりおりた」

ほこらしげにいった。

「先生《せんせい》が生徒《せいと》だったころの、オウマガドキ学《がく》

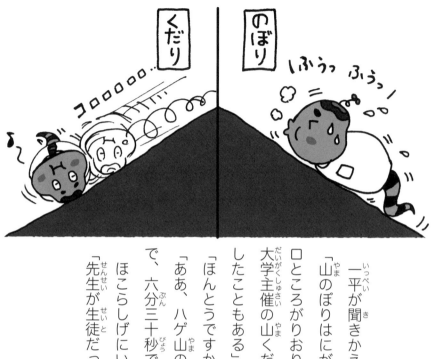

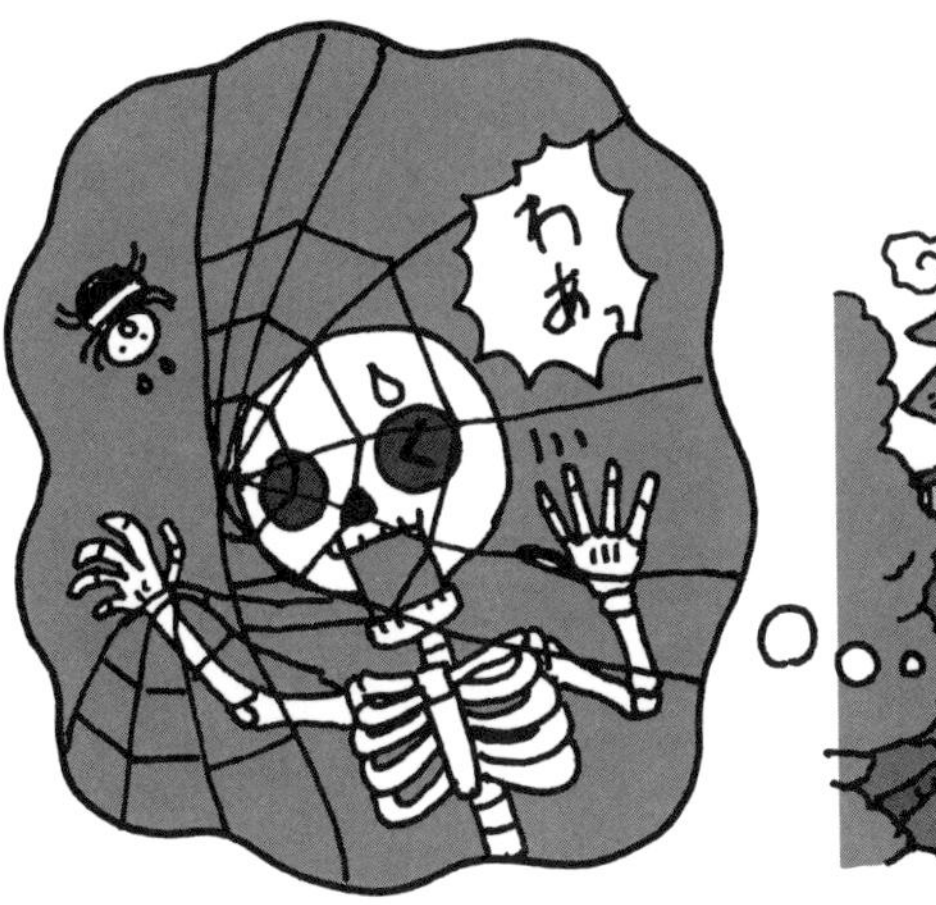

園《えん》はどうでしたか」

今度《こんど》はトイレの花子《はなこ》が聞《き》いた。

「わたしがいたのは、ちょうど百二十年前《ねんまえ》だ。こんな新《あたら》しい教室《きょうしつ》ではなくて、裏庭《うらにわ》にある旧校舎《きゅうこうしゃ》だった。あの校《こう》舎《しゃ》はいまもつかっているのかな」

「いえ、現在《げんざい》はつかっていません」

「この前《まえ》、旧校舎《きゅうこうしゃ》に入《はい》ったらクモの巣《す》がすごかったぜ」

ガイコツのホネオがぼそりとつぶやいた。

「そうか、わたしたちのころはよく校舎《こうしゃ》の探検《たんけん》をしたものだが」

ツチノコ先生《せんせい》はなつかしそうにいった。

「探検《たんけん》って、なにをさがしたのですか」

「なにをだって。みんなはしらないのか、財宝《ざいほう》のことを」

「財宝《ざいほう》！　それ、どういう話《はなし》ですか？」

きゅうに教室《きょうしつ》がざわめいた。

「じつは、旧校舎《きゅうこうしゃ》のどこかに財宝《ざいほう》がかくされているといういいつたえがあるんだ。なんでも、校舎《こうしゃ》をたてるときに地中《ちちゅう》から出《で》てきたものらしい」

「どんなものが出《で》たのですか」

「金貨《きんか》だとも宝石《ほうせき》だともいわれているが、ほんとうはよくわからない」

「それって、旧校舎《きゅうこうしゃ》のどこにあるんですか」

タヌキのポン太《た》がとんちんかんな質問《しつもん》をした。

「ばかね、わからないから探検《たんけん》するんじゃないの」

幽麗華《ゆうれいか》がしらっとポン太《た》を見《み》た。

「おい、休《やす》み時間《じかん》に財宝《ざいほう》をさがそうぜ」

うしろのほうでは、人面犬助《じんめんけんすけ》たちがひそひそ話《ばなし》をしている。

ザワ
ザワ
ザワ
そうか～ ハハハ……
宝物《たからもの》だって！
あるのかな～
さがそうぜ！
ふむふむ……
きになる…
さがすニャッ
ざいほうたんさくを……
いいね～！

オウマガドキ学園《がくえん》で教《おし》えてくれる

先生紹介《せんせいしょうかい》

ツチノコ コロン太《た》先生《せんせい》

今年《ことし》、妖怪大学《ようかいだいがく》を出《で》て先生《せんせい》になった。教《おし》えるのは社会科《しゃかいか》の地理《ちり》。名前《なまえ》の由来《ゆらい》は、姿《すがた》がどことなく槌《つち》のかたちににているためらしい。ヘビの妖怪《ようかい》と親《しん》せきだという。趣味《しゅみ》は山《やま》くだりで、コロコロところがりながらおりてくる。

二宮《にのみや》銀次郎《ぎんじろう》（二宮《にのみや》の銀《ぎん》ちゃん）

教頭《きょうとう》で妖怪語《ようかいご》を教《おし》えている二宮金次郎先生《にのみやきんじろうせんせい》の息子《むすこ》。本《ほん》が大好《だいす》き。いつも本《ほん》をもっていて、ひまさえあれば読《よ》んでいる。いま夢中《むちゅう》なのは「怪談《かいだん》レストラン」シリーズで、くりかえし読《よ》んでいる。最近《さいきん》、視力《しりょく》がおちてきたのがなやみ。薪《まき》ひろいの手つだいもよくしている。

ゆかいで楽《たの》しい
オウマガドキ学園《がくえん》の

生《せい》徒《と》紹《しょう》介《かい》

天井《てんじょう》クモ助《すけ》

生《う》まれたときから学園《がくえん》の旧校舎体育倉庫《きゅうこうしゃたいいくそうこ》の天井《てんじょう》に住《す》んでいたが、オウマガドキ学園《がくえん》に入《はい》るのはずっとイヤだった。でも、友《とも》だちがほしくてついに入学《にゅうがく》した。くらいところが好《す》き。3巻《かん》の「夜《よる》のクモ」は人間《にんげん》に退治《たいじ》されたが、クモ助《すけ》の先祖《せんぞ》の話《はなし》だ。

がんばり入道《にゅうどう》

たまに旧校舎《きゅうこうしゃ》のトイレにあらわれる。ムラサキババアやトイレの花子《はなこ》とも知《し》りあい。夕方《ゆうがた》、人間《にんげん》の学校《がっこう》に行《い》って、トイレに入《はい》ってきた子《こ》どもの手《て》や足《あし》をつねることがある。そんなときは「がんばり入道《にゅうどう》ホトトギス」というと、いたずらをされない。

1時《じ》間《かん》目《め》

かわった夜景《やけい》

大島清昭《おおしまきよあき》

秋《あき》も終《お》わりのころ、わたしたち夫婦《ふうふ》は海《うみ》ぞいの町《まち》に旅行《りょこう》に出《で》かけ、とあるホテルにとまりました。建物《たてもの》は古《ふる》いのですが、温泉《おんせん》とおいしい料理《りょうり》が売《う》りの立派《りっぱ》なホテルです。

「けっこうこんでるな」

駐車場《ちゅうしゃじょう》に車《くるま》をとめながら、夫《おっと》はそういいました。たしかに広《ひろ》い駐車場《ちゅうしゃじょう》には、観光《かんこう》バスや乗用車《じょうようしゃ》がたくさんとまっています。

「思《おも》ったより人気《にんき》のホテルなんだね！」

わたしがそういうと、夫《おっと》は「風呂場《ふろば》がこまないといいなぁ」と苦笑《くしょう》していました。

露天風呂《ろてんぶろ》で汗《あせ》をながし、海《うみ》の幸《さち》のごうかな夕食《ゆうしょく》を終《お》えたわたしたちは、部屋《へや》にもどりました。

わたしたちの部屋《へや》は三階《かい》の洋室《ようしつ》で、まどからホテルの日本庭園《にほんていえん》が見《み》えます。夜《よる》の庭園《ていえん》はライトアップされて、ロマンチックな雰囲気《ふんいき》でした。

わたしたちはまどべのイスにすわって、そんな景色《けしき》を楽《たの》しんでいたのです。

「おい、あの人《ひと》、ちょっとへんじゃないか？」

とつぜん、夫《おっと》がそういって外《そと》を指《ゆび》さしました。

「え？　どの人《ひと》？」

「ほら、あの池《いけ》の近《ちか》く。松《まつ》の木《き》のとこ」

たしかにライトアップされた松《まつ》の木《き》の近《ちか》くに、女《おんな》の人《ひと》が立《た》っていまし

た。もうすぐ十二月《がつ》になるというのに、半《はん》そでのワンピースという夏《なつ》のような服装《ふくそう》です。夜《よる》の庭園《ていえん》でたったひとり、ライトの光《ひかり》をあびながら、なにをするでもなく立《た》っています。

「なんかきみが悪《わる》いわね、あの人《ひと》」

「ああ。あれ？　あの人《ひと》、裸足《はだし》じゃないか？」

「うそ、ホントに？」

夫《おっと》のいうとおりです。その女《おんな》の人《ひと》は裸足《はだし》で、芝生《しばふ》の上《うえ》に立《た》っていました。

「あんなかっこうで寒《さむ》くないのかな」

夫《おっと》がそういった直後《ちょくご》のことです。わたしたちが見《み》ている前《まえ》で、女《おんな》の人《ひと》はすうぅっときえてしまいました。

わたしも、夫《おっと》も、すこしのあいだ、なにもいえませんでした。ただ庭《てい》園《えん》を見《み》おろして、何度《なんど》もまばたきをしていました。

最初《さいしょ》に口《くち》をひらいたのは、夫《おっと》です。

「見《み》たよな？」

「見《み》た」

「きえたよな？」

「きえた」

「あれって……」

「たぶん……」

おたがいに幽霊《ゆうれい》とかおばけとかいう言葉《ことば》は出《だ》しませんでしたが、あの女《おんな》の人《ひと》がこの世《よ》のものではないと感《かん》じたのはいっしょだったようです。

こういうとき、どのような行動《こうどう》をとるのが正《ただ》しいのか、わたしたちにはわかりませんでした。でも、なにもしないわけにもいかないと思《おも》い、夫《おっと》がフロントに内線電話《ないせんでんわ》をかけました。電話口《でんわぐち》で夫《おっと》は「女《おんな》の人《ひと》がきえたんですけど……」と自信《じしん》なさそうに話《はな》しています。

「少《しょう》しょうお待《ま》ちください、だって」

受話器《じゅわき》をおいた夫《おっと》は、力《ちから》がぬけたようにすこし笑《え》みをもらしました。

ホテルの支配人《しはいにん》がわたしたちの部屋《へや》にやってきたのは、だいたい十五

ごらんになったのは

分後《ふんご》のことです。

「このたびはご迷惑《めいわく》をおかけいたしまして、まことにもうしわけございません」

支配人《しはいにん》はそういって、ていねいに頭《あたま》をさげました。五十代《だい》くらいの体格《たいかく》のよい紳士《しんし》です。

「お客様《きゃくさま》がごらんになったのは、十年前《ねんまえ》の夏《なつ》にとびおり自殺《じさつ》した女性《じょせい》の霊《れい》なのです」

「まさかこの部屋《へや》からとびおりたんじゃないでしょうね？」

夫《おっと》のその言葉《ことば》に、支配人《しはいにん》は大《おお》げさに首《くび》をふ

りました。

「いえいえ。この部屋《へや》ではなく、もっと上《うえ》の階《かい》でございます。ここからとびおりても、下《した》の芝生《しばふ》がクッションになりますから、命《いのち》をおとされるようなことはございません」

支配人《しはいにん》の言葉《ことば》にはみょうに説得力《せっとくりょく》がありました。わたしもこの部屋《へや》のまどからとびおりたくらいでは、死《し》ぬようなことはないと思《おも》いました。

支配人《しはいにん》は説明《せつめい》をつづけます。

「あの霊《れい》はホテルの中《なか》にはけっしてあらわれません。それはぜったいに保証《ほしょう》いたします。しかし、なぜかこのお部屋《へや》から庭《にわ》を見《み》たときだけ、霊《れい》が見《み》えるのです」

「部屋《へや》をかえてもらうわけにはいきませんか？」

わたしはすぐにそういいました。

しかし、支配人《しはいにん》はこまったような顔《かお》をして「もうしわけございませんん」とあやまりました。

「あいにく今夜《こんや》は満室《まんしつ》でございまして、べつのお部屋《へや》はご用意《ようい》できかねます。すこしかわった夜景《やけい》だと思《おも》っていただけませんでしょうか？」

わたしはふたたびまどの外《そと》に目《め》をむけます。庭園《ていえん》にはいつのまにかあの女《おんな》の人《ひと》が立《た》っていて、うらめしそうにこちらを見《み》あげているのでした。

土蔵《どぞう》に群《むら》がる幽霊《ゆうれい》

望月正子《もちづきまさこ》

楓《かえで》は歴史《れきし》が好《す》きだ。とくに幕末《ばくまつ》。中学生《ちゅうがくせい》のころ、テレビで「新選組《しんせんぐみ》」を見《み》てから京都《きょうと》にあこがれ、念願《ねんがん》どおりこの春《はる》から京都《きょうと》で大学生《だいがくせい》になった。だから、京都《きょうと》をしりつくす気満《きまん》まんだ。

楓《かえで》は、歩《ある》いて二十分《ぷん》ほどの大学《だいがく》へは、毎日通《まいにちとお》りをかえて通学《つうがく》した。そして休《やす》みの日《ひ》には、学校《がっこう》とはちがう方向《ほうこう》にむかって散歩《さんぽ》をする。すると、古風《こふう》なつくりの家《いえ》や通《とお》りがある。本《ほん》やドラマでしった歴史的建物《れきしてきたてもの》や場所《ばしょ》、記念碑《きねんひ》などにひょいと出《で》くわしたり、小《ちい》さな祠《ほこら》や地蔵堂《じぞうどう》を見《み》つけたりできる。ただ、マンションの近《ちか》くには八車線《しゃせん》の広《ひろ》い大通《おおどお》りがあり、両側《りょうがわ》にはビルがずらっとならんでいて、楓《かえで》が描《えが》いていた京都《きょうと》のイメージとはずいぶんちがうのにおどろいた。

ある日《ひ》、楓《かえで》は二条城《にじょうじょう》にむかって堀川御池《ほりかわおいけ》の大《おお》きな交差点《こうさてん》をわたった。すると、楓《かえで》がいまとおってきた御池通《おいけどお》りのほうにカメラをむけて、熱心《ねっしん》に写真《しゃしん》をとっているお年寄《としよ》りがいた。楓《かえで》は思《おも》わずつられて、カメラのむいているほうを見《み》た。

交差点《こうさてん》のむこうは、両側《りょうがわ》にビル、広《ひろ》い車道《しゃどう》を行《い》きかう車《くるま》が見《み》えるだけ。なにをとっているのかさっぱりわからない。楓《かえで》は、あとでしらべようと、

おなじ方角《ほうがく》の写真《しゃしん》を何《なん》まいかとった。すると
そのお年寄《としよ》りが、
「あんたもこの道《みち》に興味《きょうみ》がありますのん
か？」
と声《こえ》をかけてきた。
「えっ！　道《みち》？」
「この御池通《おいけどお》り、交差点《こうさてん》からこっちはむこう
にくらべたら、はばが半分《はんぶん》もあらしまへんや
ろ。戦争前《せんそうまえ》まではむこうの通《とお》りもはばが五
メートルほどしかない道《みち》どした。ここで交差《こうさ》

してる堀川通《ほりかわどお》り、それと五条通《ごじょうどお》り、京都《きょうと》の広《ひろ》い三本《ぼん》の道《みち》は、戦争末期《せんそうまっき》にめちゃくちゃにされたあとにできましてん」

「えっ、京都《きょうと》にはあまり大《おお》きな空襲《くうしゅう》はなかったのでは？　だから古《ふる》い建《たて》物《もの》ものこっていると……」

「それでも、戦争《せんそう》の影響《えいきょう》はありましたんや。建物疎開《たてものそかい》ていうてなぁ。そらもう、とつぜん、強制的《きょうせいてき》に、住《す》んでいる家《いえ》や店《みせ》がこわされてしもた。そやさかい、戦後《せんご》しばらくは、幽霊《ゆうれい》かて出《で》ましたんやで……」

「えっ！　幽霊《ゆうれい》？」

京都《きょうと》は千年《ねん》の古都《こと》、都《みやこ》があったむかしから戦国《せんごく》の時代《じだい》まで、あらゆる権力《けんりょく》あらそいがつづき、あらそいにやぶれた人《ひと》びとの怨霊《おんりょう》がうごめくところと楓《かえで》もしっていた。けれど、昭和《しょうわ》の戦争《せんそう》はほとんどまなんでいない。

「あのぅ、その話《はなし》、聞《き》かせてください」

お年寄《としよ》りは、うんうんとうなずいて笑《わら》った。

「このじいさんの話《はなし》を聞《き》いてくれはるんか。ほんなら、堀川通《ほりかわどお》りでもちょっと写真《しゃしん》をとるさかいに、すこし歩《ある》きましょか?」

お年寄《としよ》りは、こんな話《はなし》をしてくれた。


昭和《しょうわ》二十年《ねん》、アメリカの飛行機《ひこうき》が毎日《まいにち》とんできて、日本《にほん》の各都市《かくとし》を空襲《くうしゅう》し、やけ野原《のはら》にしていた。空襲《くうしゅう》のすくなかった京都《きょうと》もいつやられるかわからない。敵《てき》の爆弾《ばくだん》や焼夷弾《しょういだん》で家《いえ》がやかれ、つぎつぎもえうつって京《きょう》都中《とじゅう》に広《ひろ》がるのをくいとめるため、国《くに》は、防火帯《ぼうかたい》という帯《おび》のように長《なが》くて大《おお》きなあき地《ち》を作《つく》る計画《けいかく》を立《た》てた。こわされるのは道《みち》の片側《かたがわ》だけ。不《ふ》公平《こうへい》だけど何事《なにごと》もお国《くに》のためだと、その不満《ふまん》も文句《もんく》もいえない時代《じだい》だった。きめられたその区域《くいき》に住《す》む家《いえ》は、五日《いつか》とか一週間《しゅうかん》とかのうちに、自《じ》分《ぶん》で住《す》むところを見《み》つけさせて立《た》ちのかせた。

そうしてあけわたされた家《いえ》は、警防団《けいぼうだん》や学生《がくせい》などが大黒柱《だいこくばしら》にノコギリを入《い》れ、ロープでしばってみんなでひっぱり、ひきたおしてこわしたのだ。代《だい》だいつづいた大店《おおだな》も、細工《さいく》をつくした町屋《まちや》に住《す》む人《ひと》も、長年《ながねん》なじんだ借家住《しゃくやず》まいの人《ひと》びとも、立《た》ちのかざるをえなかったのだ。

そして、まだとりこわしとちゅうの家《いえ》もあった八月十五日《がつにち》、日本《にほん》が負《ま》けて戦争《せんそう》は終《お》わった。

そうしてできた五十メートルはばの長《なが》いあき地《ち》には、こわしにくいためか、もえにくいためか、土蔵《どぞう》だけがぽつぽつとのこされていた。あき地《ち》はそのまま、むなしくあれはてたままだった。

それから、お盆《ぼん》のころ、あき地《ち》の土蔵《どぞう》あたりに、夜《よる》になるとたくさんの幽霊《ゆうれい》があらわれるといううわさがたった。

幽霊《ゆうれい》は、ぶつぶつつぶやいていたそうだ。

「おかしいなぁ……店《みせ》はどないしたんや？」

「土蔵《どぞう》の前《まえ》には母屋《おもや》があったはずやのに…家《いえ》のもんはどこいったんや？」

まげを結《ゆ》った羽織姿《はおりすがた》、半《はん》てんに前《まえ》かけ姿《すがた》、着物《きもの》にもんぺ姿《すがた》などの幽霊《ゆうれい》

を見《み》たという人《ひと》もいた。とつぜん、代《だい》だい住《す》んでいたお店《みせ》や家《いえ》がなくなり、ご先祖様《せんぞさま》がとまどってうろうろしていたのかもしれない。軍服姿《ぐんぷくすがた》もいたというから、戦死《せんし》した人《ひと》もまよっていたのだろう。

戦時中《せんじちゅう》の家屋《かおく》の強制疎開《きょうせいそかい》は、全国《ぜんこく》でおこなわれた。京都《きょうと》では戦後《せんご》しばらく、あき地《ち》は大《おお》きなきずあとのようにのこり、人《ひと》びとが勝手《かって》に野菜《やさい》を作《つく》ったり、ごみをすてたりと、あれほうだいだった。やがて都市計画《としけいかく》で、いまのはば五十メートル道路《どうろ》に整備《せいび》され、町《まち》の幹線道路《かんせんどうろ》となったのだ。

楓《かえで》が、京都《きょうと》のイメージとちがうと思《おも》っていた大通《おおどお》りには、そんな歴史《れきし》があったのだ。

「そんなことがあったなんて、しりませんでした。戦争《せんそう》はこわい！　それで……もう幽霊《ゆうれい》は出《で》ませんか？」

「さあ、土蔵《どぞう》ものうなってしもたし、いまは道《みち》やからなぁ。幽霊《ゆうれい》はんももどるべきとこを見《み》つけはったんでしょ」

お年寄《としよ》りは、ビルのあいだの通《とお》りの写真《しゃしん》をとってしみじみいった。

「わたしは十歳《さい》やった。家《いえ》がたおされて、もうもうと土《つち》ぼこりがあがってなぁ。わたしのおじいさんが、ほこりをはらうふりして涙《なみだ》をぬぐってはったんをおぼえてます。それが、ちょうどこのあたりなんや」

楓《かえで》にはそのときのようすは想像《そうぞう》もできない。でも、このことはぜったいわすれないと思《おも》う。

学校《がっこう》探検《たんけん》 旧校舎編《きゅうこうしゃへん》1
宿直室《しゅくちょくしつ》
探検隊《たんけんたい》 A《エー》班《はん》 人面犬助《じんめんけんすけ》・ガイコツのホネオ・ドラゴンのドラオ
休《やす》み時間《じかん》
むかしは先生《せんせい》が交代《こうたい》でとまって昼《ひる》のあいだに見《み》まわりをしたんだって！いまはあかずの部《へ》屋《や》といわれているらしい…
ひとりでお昼当番《ひるとうばん》こわいよ～
宿直室
ギィィ…
ガタ…
あれ……？ひらくよ
ドアこわれちゃったのかな～
ギィィ…
わ～……あれてるなぁ
ガラ…
なにもなさそうだね
戸《と》棚《だな》やおしいれもしらべてみよう

み…見《み》つけたぞ!!
宝《たから》箱《ばこ》だぁ〜!!
え〜!!
すごい!!
おお〜!! すごくりっぱな箱《はこ》!
たのしみ!
カッ
パ
なーんだ
弁当箱《べんとうばこ》かぁ…
……なにこれ
食《た》べのこしくさっ……

2時間目《じかんめ》

貧乏神《びんぼうがみ》

常光《つねみつ》　徹《とおる》

むかし、あるところになまけものの男《おとこ》がいた。ひとりぐらしで、その日《ひ》の食《く》うものにもこまるありさまだった。

「節分《せつぶん》の晩《ばん》じゃというのに、豆《まめ》まきの豆《まめ》もないわ」

囲炉裏《いろり》のそばにねそべって、ぶつくさいっておると、なにやら、天井《てんじょう》裏《うら》でガサゴソ音《おと》がする。目《め》をやると、やせほそった人相《にんそう》のわるい爺《じい》がおりてきた。

「おい、おい、だれじゃ」

男《おとこ》はおきあがった。

「わしは、この家《いえ》に住《す》んでおる貧乏神《びんぼうがみ》よ」

「貧乏神《びんぼうがみ》だと！」

「そのとおり。いやぁ、このあれはてた家《いえ》は住《す》み心地《ごこち》がよくてな」

といって、にかっと笑《わら》った。

「貧乏神《びんぼうがみ》など、縁起《えんぎ》でもない。とっとと出《で》ていってくれ」

「そのつもりじゃ。まあ長年世話《ながねんせわ》になった礼《れい》に、今夜《こんや》は、よいことを教《おし》えよう」

そういって、貧乏神《びんぼうがみ》はこんな話《はなし》をした。

あすの朝《あさ》はやく、この家《いえ》の前《まえ》を宝物《たからもの》を背《せ》につんだ馬《うま》がとおる。一番目《ばんめ》の馬《うま》は金《きん》と銀《ぎん》、そのあとにやってくる二番目《ばんめ》の馬《うま》は綾錦《あやにしき》の織物《おりもの》、三番目《ばんめ》の馬《うま》は珊瑚《さんご》をつんでおる。どれでもいいから、走《はし》ってきた馬《うま》を竿《さお》でたたくがよい。そうすれば宝物《たからもの》が手《て》に入《はい》る。

「それは、まことか」

男《おとこ》は目《め》を丸《まる》くした。

「うそなどいうものか」

貧乏神《びんぼうがみ》は、こっくりうなずくと、すっと家《いえ》から出《で》ていった。

つぎの日《ひ》の朝《あさ》、男《おとこ》は竿《さお》をもって家《いえ》の前《まえ》に出《で》た。ところが、一番目《ばんめ》の馬《うま》は走《はし》りさったあとだった。早起《はやお》きをしたつもりが、つい、なまけぐせが出《で》ておくれてしまったのだ。

しかし、男《おとこ》は馬《うま》がとおりすぎたとは気《き》づかなかった。長《なが》い竿《さお》を手《て》にもち、道《みち》のわきに立《た》って待《ま》ちかまえた。すると、遠《とお》くからひづめの音《おと》がひびいて、宝物《たからもの》をつんだ馬《うま》が走《はし》ってくる。

「きたぞきたぞ。一番馬《ばんうま》だ」

竿《さお》をふりあげた。馬《うま》が目《め》の前《まえ》にあらわれると、

「えい！」

とばかりにうちおろした。と、つぎの瞬間《しゅんかん》、竿《さお》がとまった。道《みち》ばたの木《き》

の枝《えだ》にひっかかったのだ。

「しまった」

さけぶよりはやく、馬《うま》はその下《した》をかけぬけていった。

男《おとこ》は長《なが》すぎる竿《さお》を短《みじか》くきって、つぎの馬《うま》を待《ま》った。すると、道《みち》のむこうから近《ちか》づいてくる馬《うま》が見《み》えた。ひづめの音《おと》がだんだん高《たか》くなって目《め》の

前《まえ》に。
「いまだ！」
思《おも》いきりうちおろした。竿《さお》は、ビュッと空《くう》をきってそのまま地面《じめん》をたたいた。短《みじか》くて馬《うま》にとどかなかったのだ。馬《うま》は宝物《たからもの》をつけたまま遠《とお》ざかっていった。

「なんということだ！」

男《おとこ》は天《てん》をあおいだ。しかし、すぐに気《き》をとりなおして、家《いえ》にもどると、ちょうどよい長《なが》さの竿《さお》をとりだしてきた。

「今度《こんど》こそ。珊瑚《さんご》じゃ」

待《ま》ちかまえていると、むこうのほうから馬《うま》がくる。その姿《すがた》がみるみる大《おお》きくなり、目《め》の前《まえ》にあらわれたとき、

「えいっ！」

竿《さお》はみごとに馬《うま》をうち、なにやらドサリとおちた。

「やった。やったぞ！」

大声《おおごえ》をあげた男《おとこ》は、おちたものを見《み》てぎょっと目《め》をむいた。そこにい

たのは、ゆうべ出《で》ていった貧乏神《びんぼうがみ》。三番目《ばんめ》の馬《うま》を打《う》ったつもりが、じつは四番目《ばんめ》にきた馬《うま》だった。

「よそでくらそうと思《おも》うたが、また世話《せわ》になるか」

ぼそりとつげて、貧乏神《びんぼうがみ》は男《おとこ》の家《いえ》に入《はい》っていった。

魔物《まもの》の目《め》をあざむく

斎藤君子《さいとうきみこ》

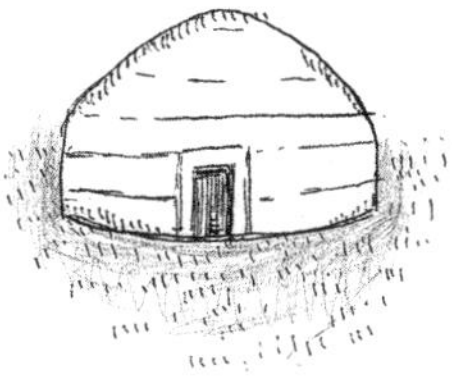

この話《はなし》は、ロシアのトゥヴァ共和国《きょうわこく》というところでほんとうにあったことだ。トゥヴァ共和国《きょうわこく》というのはモンゴルのすぐ北《きた》にあって、人《ひと》びとは森《もり》で狩《か》りをし、野原《のはら》でトナカイや馬《うま》、牛《うし》、羊《ひつじ》などをそだてながら、あちこち移動《いどう》してくらしてきた。家《いえ》はユルタといって、円形《えんけい》の骨組《ほねぐ》みの上《うえ》にフェルトや毛皮《けがわ》をはった家《いえ》で、一時間《じかん》もあればどこでも好《す》きな場所《ばしょ》にくみたてることができる。

そんな生活《せいかつ》をしているトゥヴァの人《ひと》たちにはこまったことがひとつあった。山《やま》の岩穴《いわあな》にアザという魔物《まもの》が住《す》んでいて、こっそり家《いえ》の中《なか》に入《はい》りこんでは、いろいろと悪《わる》さをしていくことだ。元気《げんき》な人《ひと》を重《おも》い病気《びょうき》にかからせることもあれば、赤《あか》ん坊《ぼう》をさらっていくこともある。アザの姿《すがた》はふつうの人間《にんげん》には見《み》えないが、見《み》える人《ひと》もいる。

すこし前《まえ》にこんなできごとがあった。

あるユルタのそばにアザがふたり立《た》って、こそこそと悪《わる》だくみをしていた。この家《いえ》の赤《あか》ちゃんをどうやってさらうかという相談《そうだん》だった。

片方《かたほう》のアザが知恵《ちえ》をしぼって、こういった。

「お前《まえ》がユルタの中《なか》に入《はい》って、この家《いえ》の夫婦《ふうふ》をけんかさせろ。人間《にんげん》の女《おんな》

というやつはけんかをするとすぐにカッカして、がまんできなくなる。そのときをおれはじっとここで待《ま》つ。女房《にょうぼう》ががまんできなくなって、赤《あか》ん坊《ぼう》をかかえて外《そと》にとびだしてきたら、その手《て》から赤《あか》ん坊《ぼう》をうばいとる。どうだい、名案《めいあん》だろう」

「そいつはいいや！　よし、さっそくとりかかろうぜ」

そうと話《はなし》がきまり、ひとりがユルタの中《なか》に入《はい》っていった。それからいくらもしないで、ユルタの中《なか》から夫婦《ふうふ》がどなりあう声《こえ》が聞《き》こえてきた。

ユルタの中《なか》のアザは夫婦《ふうふ》のまわりをぐるぐるまわって、

「そうだ、そうだ、もっとやれ、もっとやれ！」

とばかり、ふたりをあおった。そして、ふたりが真《ま》っ赤《か》な顔《かお》をしてどなりあっているのをながめて、こおどりしてよろこんだ。

アザのたくらみはみごとに的中《てきちゅう》し、女房《にょうぼう》の堪忍袋《かんにんぶくろ》の緒《お》がきれた。女房《にょうぼう》はすっくと立《た》ちあがり、ゆりかごの中《なか》でねていた赤《あか》ん坊《ぼう》をだきあげると、夫《おっと》にすてぜりふをはいた。

「もうごめんだわ。お前《まえ》さんの顔《かお》なんか、見《み》たくもない。この子《こ》をつれて、出《で》ていくわ！」

戸口《とぐち》の外《そと》でその言葉《ことば》を聞《き》いていたアザはほくそ笑《え》んだ。
「さあ、女房《にょうぼう》が赤《あか》ん坊《ぼう》をだいて、とびだしてくるぞ！」
ユルタの中《なか》では赤《あか》ん坊《ぼう》をだきかかえた女房《にょうぼう》が、そばにおいてあったなべをひっくりかえし、指《ゆび》でなべ底《ぞこ》をなでて、真《ま》っ黒《くろ》なすすを赤《あか》ん坊《ぼう》のひたいと自分《じぶん》のひたいにこすりつけた。
「これでよし。赤《あか》ちゃんのひたいにも、わたしのひたいにも墨《すみ》をぬった！」

女房《にょうぼう》はそういってひとりうなずくと、赤《あか》ちゃんをだいて外《そと》へとびだした。

ユルタの外《そと》ではアザが、女房《にょうぼう》がとびだしてくるのをいまかいまかと待《ま》ちかまえていた。ところが足音《あしおと》は聞《き》こえたのに、姿《すがた》が見《み》えない。

「どうしたんだろう！　足音《あしおと》を聞《き》いたし、おれの横《よこ》を風《かぜ》がスーとふきぬけたような気配《けはい》はしたのに、だれも出《で》てこない！」

アザが戸口《とぐち》につっ立《た》ってポカンとしていると、ユルタの中《なか》からもうひとりのアザがあらわれて、こう聞《き》いた。

「おい、赤《あか》ん坊《ぼう》はどこだ？　うまくさらっただろうなあ？」

すると、戸口《とぐち》にいたアザがこうこたえた。

「いや、それが風《かぜ》がスーととおりぬけていったような気《き》はしたのに、人《ひと》っ子《こ》ひとり、出《で》てきやしない！」

こうして女房《にょうぼう》はまんまとアザの目《め》をあざむき、赤《あか》ちゃんをつれてぶじに両親《りょうしん》が住《す》んでいるユルタへ行《い》った。

もっとも、ひと晩《ばん》ねておきると、ゆうべどうしてあんなに腹《はら》が立《た》ったのか、いくら考《かんが》えても、さっぱりわからなかったそうな。

トゥヴァの人《ひと》たちは日《ひ》がしずむと、けっして赤《あか》ん坊《ぼう》をユルタの外《そと》に出《だ》さない。やむをえずつれだすときは、ひたいに墨《すみ》をぬる。そうすれば、火《ひ》の神《かみ》さまが赤《あか》ん坊《ぼう》をアザの目《め》からかくしてくれるから。

学校探検《がっこうたんけん》 旧校舎編《きゅうこうしゃへん》 2　トイレ

休《やす》み時間《じかん》

探検隊《たんけんたい》 B班《ビーはん》　ぬらりひょんぬらりん・トイレの花子《はなこ》・キジムナー

みんながんばれよ
がんばり入道《にゅうどう》
わしもがんばる～
キャッ
わぁっ
はげまされちゃった
ガンバレガンバレ!
ガンバレガンバレ!
あのおじさんなにをがんばってるのかな
五番目《ばんめ》
うわ!!くさっ
ここまでだれかつかってるんじゃない?
モワァ
そこはわし専用《せんよう》のトイレ
ガンバレガンバレ!
お前《まえ》かぁ～!
も～ヤダ!!
それじゃ「がんばる」じゃなくて「ふんばる」だろ!
ここには財宝《ざいほう》はないね……

3時《じ》間《かん》目《め》

本《ほん》の虫《むし》

矢部敦子《やべあつこ》

ある日《ひ》、おじにたのまれて、書庫《しょこ》の整理《せいり》の手《て》つだいに行《い》きました。おじの家《いえ》には江戸時代《えどじだい》の蔵《くら》を改装《かいそう》した大《おお》きな書庫《しょこ》があって、書棚《しょだな》には床《ゆか》から天井《てんじょう》までぎっしりと本《ほん》がつまっています。うすぐらい書庫《しょこ》の中《なか》は、何《なん》年《ねん》もしめきっていたせいでほこりにまみれ、ひどいカビのにおいがしていました。

ずっと以前《いぜん》、わたしが小学生《しょうがくせい》のころには、よくここでヒロ兄《にい》さんに本《ほん》

を読《よ》んでもらっていました。ヒロ兄《にい》は、母《はは》やおじの一番下《いちばんした》の弟《おとうと》です。当時《とうじ》まだ大学生《だいがくせい》だったヒロ兄《にい》は、この書庫《しょこ》を勉強部屋《べんきょうべや》がわりにつかっていました。

わたしが遊《あそ》びにいくと、きれいな色《いろ》の大《おお》きな図鑑《ずかん》や皮表紙《かわびょうし》の外国《がいこく》の本《ほん》を出《だ》してきて、ふしぎな話《はなし》やおもしろい話《はなし》を読《よ》んで聞《き》かせてくれました。

いつも家《いえ》の中《なか》でばかり遊《あそ》んでいたわたしに、いつだったか、

「たまには外《そと》で遊《あそ》んでおいで。そんなに本《ほん》ばかり読《よ》んでいると、そのうち本《ほん》の虫《むし》になってしまうかもしれないよ」

そういって、こんな話《はなし》をしてくれました。

あるところに、本《ほん》の大好《だいす》きな学者《がくしゃ》がいました。朝《あさ》から晩《ばん》まで書斎《しょさい》にこもって、毎日本《まいにちほん》とにらめっこをしていました。ご飯《はん》を食《た》べるときも、お風呂《ふろ》に入《はい》るときも、本《ほん》から目《め》をはなしません。夜《よる》は本《ほん》をまくらにねていました。

学者《がくしゃ》には、奥《おく》さんと息子《むすこ》がいましたが、奥《おく》さんは、自分《じぶん》の夫《おっと》は本《ほん》に夢《む》中《ちゅう》で息子《むすこ》の顔《かお》をおぼえているかどうかもあやしいものだ、と思《おも》っていました。

ある日《ひ》、食事《しょくじ》の時間《じかん》になっても夫《おっと》がなかなか部屋《へや》から出《で》てこないので、奥《おく》さんが息子《むすこ》にむかっていいました。

「ご飯《はん》ができたから、お父《とう》さんをよんできておくれ」

息子《むすこ》が書斎《しょさい》に行《い》ってみると、父親《ちちおや》の姿《すがた》がありません。

ふと机《つくえ》の上《うえ》にひらかれたぶあつい本《ほん》の上《うえ》に、もぞもぞとうごく小《ち い》さな虫《むし》を見《み》つけました。目《め》をこらしてよく見《み》ると、父親《ちちおや》そっくりの顔《かお》をして、キチキチと小《ちい》さな声《こえ》でなきながらなにかをうったえているようでした。

息子《むすこ》は、その虫《むし》を爪《つめ》の先《さき》でぷちっとつぶすと、本《ほん》をとじて部屋《へや》を出《で》ていきました。

「こわい話《はなし》だろ。だけどねえ、あやちゃん。ぼくはときどき、もしほんとうに本《ほん》の世界《せかい》の中《なか》に入《はい》ることができたら、きっとおもしろいだろうと思《おも》うことがあるんだよ」

と、ヒロ兄《にい》は、笑《わら》いながらいいました。

それからふたりで、もしもほんとうに本《ほん》の世界《せかい》に入《はい》れるとしたら、どんなお話《はなし》の本《ほん》がいいか、そんな夢《ゆめ》のような話《はなし》をしながら長《なが》い時間《じかん》をすごしたのです。わたしは、ヒロ兄《にい》のことが大好《だいす》きでした。

ところが、しばらくして、ヒロ兄《にい》がとつぜんいなくなりました。それまでにも、だまっていなくなっては何日《なんにち》かするとまたもどってくる、というようなことがたびたびあったので、最初《さいしょ》はだれも心配《しんぱい》していなかったそうです。みんな、どうせじきにふらっと帰《かえ》ってくるだろうと思《おも》っていました。

けれども、ひと月《つき》がたち、ふた月《つき》がすぎても、ヒロ兄《にい》はとうとう帰《かえ》ってきませんでした。

あれからもう何年《なんねん》にもなります。わたしは、ヒロ兄《にい》のつかっていた辞《じ》書《しょ》や参考書《さんこうしょ》を書棚《しょだな》からとりだすと、一冊《さつ》ずつていねいにほこりをはらいました。

ぼんやりとヒロ兄《にい》のことを考《かんが》えていたとき、あかりとりの小《ちい》さなまどから風《かぜ》がふき、ゴトンと音《おと》がして一冊《さつ》の本《ほん》が床《ゆか》におちました。あわててひろいあげようとすると、ひらいたページの上《うえ》で、小《ちい》さな虫《むし》がもぞもぞとはいまわっているのが目《め》に入《はい》りました。

わたしはゾッとして、とっさにバタンと本《ほん》をとじました。そのとき、

「あやちゃん！」

本《ほん》の中《なか》から、わたしをよぶ声《こえ》が聞《き》こえたような気《き》がしました。

地下室《ちかしつ》のドラゴン

杉本栄子《すぎもとえいこ》

いまから百五十年《ねん》くらい前《まえ》のこと。北《きた》ドイツのある町《まち》で、ふしぎな事件《じけん》がおこった。

事件現場《じけんげんば》は古《ふる》い大《おお》きな屋敷《やしき》の地下室《ちかしつ》。くらくてつめたい、だれもいない場所《ばしょ》だ。

ある日《ひ》、あるお屋敷《やしき》で、使用人《しようにん》がつぼをこわしてしまった。この使用人《しようにん》はうっかりもので、ものをこわすのも一度《ど》や二度《ど》ではなかった。しかも、そのつぼは、ご主人様《しゅじんさま》の大切《たいせつ》にしている、この屋敷《やしき》の宝《たから》だった。知《し》らせを聞《き》いた主人《しゅじん》がすぐにとんできた。

「またお前《まえ》か！　なんということだ」

「おゆるしください。ご主人様《しゅじんさま》。ついうっかり……」

男《おとこ》は何度《なんど》も、何度《なんど》も、頭《あたま》をさげてあやまった。

「このつぼは先祖代《せんぞだい》だいの家宝《かほう》だ！　今度《こんど》ばかりは、頭《あたま》をさげたくらいで、ゆるすわけにいかない」

主人《しゅじん》は、男《おとこ》の腕《うで》をぐいっとつかんで、地下室《ちかしつ》へひっぱっていった。

「ああ、ご主人様《しゅじんさま》。地下室《ちかしつ》だけは……、おねがいです」

と、泣《な》いてあやまる使用人《しようにん》を、地下室《ちかしつ》にほうりこむと、重《おも》いドアをしめて、かぎをかけてしまった。

それを見《み》ていたほかの使用人《しようにん》たちは、真《ま》っ青《さお》になった。地下室《ちかしつ》にはだれも見《み》たことはないが、いまはつかわれていないお仕置《しお》きの部屋《へや》があり、そこでくるしみながら死《し》んでいったものもいるといううわさがある。夜《よる》になると、ガタガタという音《おと》とともにつめたい風《かぜ》もふいてくる。

「きっと幽霊《ゆうれい》がさまよっているにちがいない」

と、使用人《しようにん》はだれもが夜《よる》の地下室《ちかしつ》をおそれていた。

みんなで主人《しゅじん》のところに行《い》き、男《おとこ》をすぐに地下室《ちかしつ》から出《だ》してくれるようにたのんだが、主人《しゅじん》のいかりはおさまらない。

「あすの朝《あさ》まであけてはならぬ」

と、きびしい命令《めいれい》がいいわたされた。だれも主人《しゅじん》の命令《めいれい》にさからうことができない。朝《あさ》まで待《ま》つしかなかった。

「たすけて！　ここから出《だ》してくれ」

男《おとこ》は力《ちから》のかぎりさけんでいたが、そのうちに、すすり泣《な》きになり、ふたたびはげしく泣《な》きさけんだ。そのくりかえしがどれくらいつづいただろうか。夜中《よなか》には大《おお》きなさけび声《ごえ》でさけんだ。しかしその声《こえ》が主人《しゅじん》にとどくことはなかった。

つぎの朝《あさ》、使用人《しようにん》たちはいそいで地下室《ちかしつ》に行《い》った。

「おーい、朝《あさ》だぞ！　出《で》てこい」

とドアをあけて大《おお》きな声《こえ》でさけんだが、男《おとこ》は出《で》てこない。地下室《ちかしつ》の中《なか》はもの音《おと》ひとつしない。しずまりかえっている。

「おかしい、どうしたんだろう」

うすぐらい部屋《へや》の中《なか》をよく見《み》ると、床《ゆか》には骨《ほね》がころがっていた。

「あ、これはなんだ!?　人間《にんげん》の骨《ほね》か？」

「え、骨《ほね》って？　じゃあ、食《く》われたってことか？　幽霊《ゆうれい》にやられたのか？」

「いや、食《く》われているんだから、幽霊《ゆうれい》じゃあない」

「これは怪物《かいぶつ》のしわざだろう」

「え！　怪物《かいぶつ》がすみついているってことか！」

使用人《しようにん》たちはドアの外《そと》からのぞいて見《み》ているだけで、だれも中《なか》に入《はい》ろうとしない。よばれてきた役人《やくにん》も、ドアの外《そと》から見《み》ているだけで、危険《きけん》な地下室《ちかしつ》に入《はい》ることをためらった。人《ひと》びとは長《なが》いこと話《はな》しあい、怪物《かいぶつ》の正体《しょうたい》をしるために、知恵《ちえ》をしぼった。

「怪物《かいぶつ》だったら、つぎの獲物《えもの》を食《く》うだろう」

「そうだ、毒入《どくい》りの肉《にく》を食《く》わせればいい」

「それはいい考《かんが》えだ。危険《きけん》な目《め》にあわないで、やっつけることができる」

そこで、その晩《ばん》、毒団子《どくだんご》で殺《ころ》した子牛《こうし》を地下室《ちかしつ》に投《な》げいれて、ようすを見《み》ることにした。

つぎの朝《あさ》、人《ひと》びとが地下室《ちかしつ》のドアをあけると、床《ゆか》には子牛《こうし》の骨《ほね》が……。そして、そのすぐとなりには、ものすごく大《おお》きな怪物《かいぶつ》が、大《おお》きな口《くち》をあけて、死《し》んでいた。その体《からだ》はうろこにおおわれ、足《あし》が四本《よんほん》に巻《ま》き尾《お》、そして体《からだ》には大《おお》きな羽《はね》があった。

「大蛇《だいじゃ》だ！　……いや、羽《はね》がある。これはドラゴンだ！」

「口《くち》から火《ひ》をふき、人間《にんげん》や動物《どうぶつ》をむさぼり食《く》うというドラゴンか！」

いままでドラゴンの姿《すがた》を見《み》たものはいない。だが、むかしからのいいつたえで、だれもがこのおそろしい怪物《かいぶつ》の存在《そんざい》をしんじていた。

それから、このドラゴンは町《まち》におくられた。そこではくせいにされて、市場《いちば》で展示《てんじ》されたそうだ。この事件《じけん》は新聞《しんぶん》にも紹介《しょうかい》され、ほんとうにあった話《はなし》として広《ひろ》くしられている。

学校《がっこう》探検《たんけん》　旧校舎編《きゅうこうしゃへん》 3

更衣室《こういしつ》

休《やす》み時間《じかん》

💀 探検隊《たんけんたい》 C《シー》班《はん》　猫又《ねこまた》ニャン子《こ》・タヌキのポン太《た》・キツネのコン吉《きち》

コンッ
ん？
これは
……？
!!
指《ゆび》輪《わ》だ！
みんなっ!!
ここに
宝《たから》が
あるぞ!!
アドベンチャー
ニャン子
これ、
カーテンの
金《かな》具《ぐ》ニャ……
ゆめ
こわして
ゴメンニャ
ぐいっ
ア
ニャン子
……
……
行《い》くニャ～

4時《じ》間《かん》目《め》

シントラのふたりの兄弟《きょうだい》

紺野愛子《こんのあいこ》

むかしむかし、ポルトガルのシントラという町《まち》でのお話《はなし》です。
あるお屋敷《やしき》の前《まえ》を、貴族《きぞく》の青年《せいねん》エリオがうろうろと歩《ある》いていました。
(アメリアさんにひと目会《めあ》えたらなあ)
エリオはここに住《す》む貴族《きぞく》の娘《むすめ》のアメリアに片思《かたおも》いをしているのです。
そのとき、お屋敷《やしき》から娘《むすめ》の笑《わら》い声《ごえ》が聞《き》こえて、二階《かい》のバルコニーの扉《とびら》がひらきました。

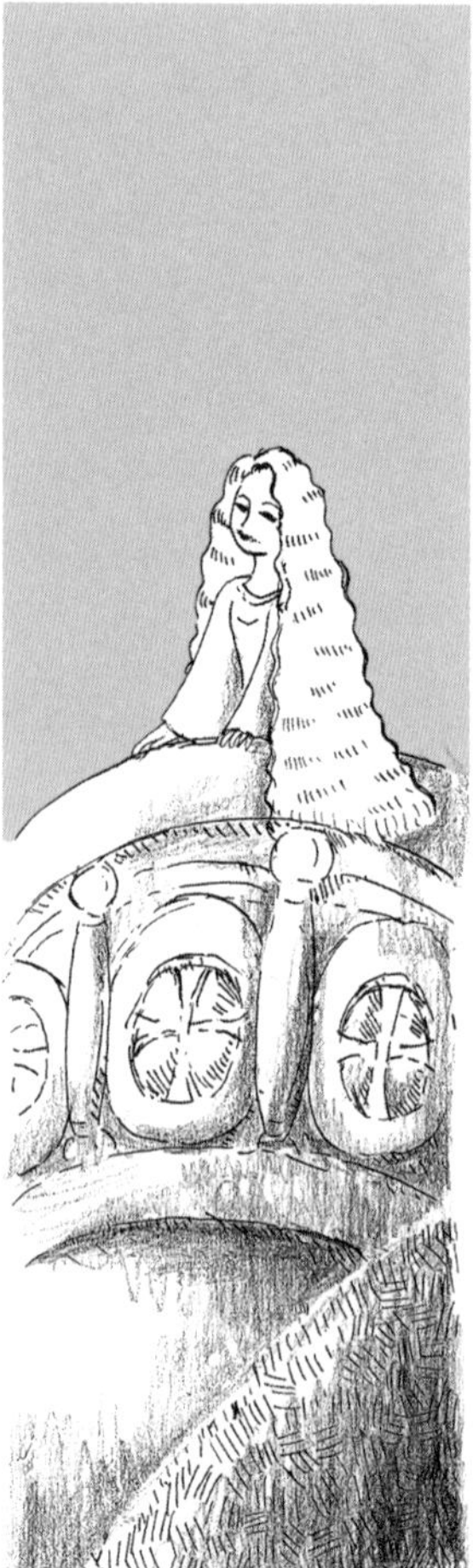

「ほら、お父様《とうさま》、わたしの部屋《へや》から夕日《ゆうひ》がきれいに見《み》えるのよ！」

ぬけるような白《しろ》い肌《はだ》、まばゆい金髪《きんぱつ》の美《うつく》しい娘《むすめ》が笑《わら》っています。

（アメリアさんだ！　あそこがアメリアさんの部屋《へや》なのか）

エリオはドキドキしながらアメリアを見《み》つめました。

エリオの視線《しせん》に気《き》づいて、アメリアがちらりとエリオを見《み》ました。エリオが思《おも》いきって手《て》をふると、アメリアが小《ちい》さく手《て》をふってくれるではありませんか！

エリオは上機嫌《じょうきげん》で鼻歌《はなうた》をうたいながら家《いえ》に帰《かえ》りました。

ふと庭《にわ》を見《み》ると、兄《あに》のリカルドがあずまやにいます。ため息《いき》をついて、なにかくらい雰囲気《ふんいき》です。

「兄《にい》さん、どうしたんだろう？」

とエリオがつぶやくと、

「そうなんです、リカルド様《さま》はこのごろへんなんです！」

という声《こえ》がしました。

「わっ、だれかと思《おも》ったら、ばあやじゃないか！」

ばあやが木《こ》かげにかくれてリカルドを見《み》つめていたのです。

「リカルド様《さま》はお食事《しょくじ》もあまりあがらないし、夜《よる》もどこかにお出《で》かけになっています。じっと考《かんが》えこんでいるかと思《おも》えば、みょうにあかるくなったり。心配《しんぱい》です。もしかしたら……」

「もしかしたら?」

「恋《こい》をなさっているのかもしれません!」

ばあやのきっぱりした言葉《ことば》に、エリオはほ

ほ笑《え》みました。

「恋《こい》ならだれでもするだろう？　心配《しんぱい》ないよ」

「でも……」

なにかいいたそうなばあやをおいて、エリオは屋敷《やしき》に入《はい》りました。

（そうか、兄《にい》さんも恋《こい》をしているのか……。相手《あいて》はだれだろう？）


それからエリオのアメリアへの思《おも》いは日々《ひび》つのっていき、ある晩《ばん》ついに愛《あい》をうちあける決心《けっしん》をしました。

（よし、今夜《こんや》こそ告白《こくはく》するぞ）

エリオはそっと屋敷《やしき》をぬけだしました。月《つき》のないまっくらな夜《よる》でした。

エリオはアメリアの屋敷《やしき》につくと、バルコニーをめざして、手《て》さぐりでかべをのぼりはじめました。

するとそつぜん、うしろからだれかがおそいかかってきました。

ドサッ！

エリオは地面《じめん》にころげおちました。

（だれだ、こいつは？）

くらくて相手《あいて》の姿《すがた》は見《み》えません。そしてシュルッと剣《けん》をぬく音《おと》がしました。

（そうか、恋敵《こいがたき》がいたってわけだ）

エリオも剣《けん》をぬき、かまえました。

シュッ

闇《やみ》の中《なか》に剣《けん》が光《ひか》りました。相手《あいて》の剣《けん》が肩《かた》をかすめ、いたみが走《はし》ります。

かっとなったエリオが力《ちから》いっぱい剣《けん》をつきだすと、ずぶりとささる感触《かんしょく》がありました。

「ぐぐうっ」

とうめくと、相手《あいて》はどさりとたおれました。

その声《こえ》を聞《き》いたエリオはハッとしました。

「この声《こえ》は、まさか……」

かけよると胸《むね》から血《ち》をながし、たおれていたのは、兄《あに》のリカルドでした。

「兄《にい》さん、しっかりして、兄《にい》さん！」

エリオは泣《な》きながら兄《あに》をだきおこしました。けれどリカルドはすでにことされていました。

(兄《にい》さんもアメリアさんに恋《こい》していたんだ。ここで毎晩《まいばん》、アメリアさんをまもっていたんだね。ああ、なんてことだ。兄《にい》さんだとわかっていたら……)

エリオは立《た》ちあがると、バルコニーを見《み》あげました。

「さようなら、アメリアさん」

エリオは剣《けん》で自分《じぶん》の胸《むね》をつき、兄《あに》の死体《したい》の上《うえ》にくずれおちました。

悪魔《あくま》の城《しろ》へ行《い》ったふたりの娘《むすめ》

新倉朗子《にいくらあきこ》

むかし、ひとりの娘《むすめ》をもつ夫婦《ふうふ》がいました。娘《むすめ》が大《おお》きくなったころ母《はは》親《おや》が亡《な》くなり、しばらくして父親《ちちおや》は再婚《さいこん》しました。新《あたら》しい妻《つま》にも娘《むすめ》がひとりいました。

継母《ままはは》は、先妻《せんさい》の娘《むすめ》をひどくきらいました。あまりしつこく妻《つま》にいわれたので、父親《ちちおや》は娘《むすめ》を家《いえ》からおいださないわけにはいきませんでした。

娘《むすめ》はお腹《なか》がすいたときのために、雌鶏《めんどり》を一羽《わ》だけもらって家《いえ》を出《だ》されました。
仲《なか》よしの子犬《こいぬ》と子猫《こねこ》もつれて、娘《むすめ》は家《いえ》を出《で》ていきました。
遠《とお》くまで行《い》くと、森《もり》の中《なか》に大《おお》きな城《しろ》があったので近《ちか》づいてみました。
それは悪魔《あくま》の城《しろ》でした。
扉《とびら》があいていたので、中《なか》へ入《はい》ってみるとだれもいません。
台所《だいどころ》へ行《い》って火《ひ》をおこし、もってきた鶏《にわとり》をさばいてやきました。
料理《りょうり》をしていると、子猫《こねこ》と子犬《こいぬ》がよってきて、わけてちょうだいといいました。
「すこし待《ま》っててね、やけたらすぐわけてあげるから」
娘《むすめ》はそういって約束《やくそく》どおりにしました。

夜《よる》になり、娘《むすめ》は扉《とびら》に錠《じょう》をかけて床《とこ》につきました。子猫《こねこ》と子犬《こいぬ》もベッドのわきで横《よこ》になりました。

しばらくすると「パン！　パン！」と扉《とびら》をたたく音《おと》がしました。

「だれなの？」

子猫《こねこ》が聞《き》きました。

「おれたちだよ。中《なか》へ入《い》れてくれ」

悪魔《あくま》とその子《こ》どもたちでした。娘《むすめ》がいいました。

「子猫《こねこ》ちゃん、子犬《こいぬ》ちゃん、どうしたらいいかしら？」

「四頭《よんとう》の馬《うま》がひく美《うつく》しい馬車《ばしゃ》と、美《うつく》しいドレスをもってくるようにいいなさいな」

娘《むすめ》がそのとおりにつたえると、悪魔《あくま》たちは美《うつく》しい馬車《ばしゃ》と四頭《よんとう》の馬《うま》、それに美《うつく》しい服《ふく》をさがしに行《い》きました。

悪魔《あくま》たちは四頭立《よんとうだ》ての美《うつく》しい馬車《ばしゃ》と、美《うつく》しいドレスをもってもどると、

「パン！　パン！」と扉《とびら》をたたきました。

娘《むすめ》はまたたずねました。

「子猫《こねこ》ちゃん、子犬《こいぬ》ちゃん、どうしたらいいかしら？」

「鳥《とり》かごに海《うみ》の水《みず》をいっぱいにしてもってくるようにいいなさいな」

娘《むすめ》はそのとおりにつたえました。

悪魔《あくま》たちは鳥《とり》かごをもって海《うみ》へ行《い》きましたが、鳥《とり》かごを海《うみ》の水《みず》でいっぱいにすることはできません。

そのあいだに娘《むすめ》は美《うつく》しいドレスを着《き》て、四頭立《よんとうだ》ての美《うつく》しい馬車《ばしゃ》にのり、悪魔《あくま》のたくわえた宝物《たからもの》をみんなもって父親《ちちおや》の家《いえ》に帰《かえ》りました。

すると、それを見《み》た継母《ままはは》の娘《むすめ》も悪魔《あくま》の城《しろ》へ行《い》きたいといいました。雌鶏《めんどり》を一羽《わ》もらって、ふだんはかわいがっていなかった子猫《こねこ》と子犬《こいぬ》もつれて家《いえ》を出《で》ました。

遠《とお》くまで行《い》くと城《しろ》があったので近《ちか》づいてみました。

扉《とびら》はあいていて中《なか》に入《はい》るとだれもいません。

継母《ままはは》の娘《むすめ》は台所《だいどころ》へ行《い》って火《ひ》をおこし、鶏《にわとり》をさばいてやきました。料理《りょうり》をしていると、子猫《こねこ》と子犬《こいぬ》がよってきて、わけてくれといいました。子猫《こねこ》と子犬《こいぬ》は骨《ほね》しかもらえませんでした。

夜《よる》になり、娘《むすめ》は扉《とびら》に錠《じょう》をおろしてベッドに入《はい》りました。子猫《こねこ》と子犬《こいぬ》もベッドのわきで横《よこ》になりました。

しばらくすると「パン！　パン！」と扉《とびら》をたたく音《おと》がしました。

「だれなの？」

子猫《こねこ》が聞《き》きました。

「おれたちだよ。中《なか》へ入《い》れてくれ」

悪魔《あくま》とその子《こ》どもたちでした。娘《むすめ》がいいました。

「子猫《こねこ》ちゃん、子犬《こいぬ》ちゃん、どうしたらいいの？」

「扉《とびら》をあけてあげなさい」

娘《むすめ》は扉《とびら》をあけにいって、またベッドに入《はい》りました。悪魔《あくま》とその子《こ》どもたちが入《はい》ってきました。

「だれなの？」

「おれたちだ。悪魔《あくま》とその子《こ》どもたちだ。留守《るす》のあいだにおれたちの城《しろ》に勝手《かって》に入《はい》りこんだな。思《おも》いしらせてやるから覚悟《かくご》しろ」

「あら、どうしよう。あんたたちの城《しろ》だったの？　あいてたから入《はい》っただけなのに」

クリック！　クラック！

悪魔《あくま》とその子《こ》どもたちは娘《むすめ》をむさぼり食《く》って、腸《ちょう》を自在《じざい》かぎにひっかけました。

子猫《こねこ》と子犬《こいぬ》は家《いえ》にもどっていきました。

「わたしの娘《むすめ》をどこにおいてきたの？」

継母《ままはは》がたずねると、

「すてきなお城《しろ》においてきましたよ。行《い》ってそのようすを見《み》てごらんなさい」

とこたえました。

旧校舎《きゅうこうしゃ》でピクニック

給食《きゅうしょく》

みょうがの宿《やど》

岩崎京子《いわさききょうこ》

街道《かいどう》すじの小《ちい》さな宿《やど》に、旅《たび》のあきんどがやってきました。

「ひと晩《ばん》、お世話《せわ》になります」

あきんどは腰《こし》をおろして、いいました。

「あっ、そうそう。おかみさん、すまんが、こいつをお帳場《ちょうば》にあずかってもらえんじゃろうか」

と胴巻《どうま》きを出《だ》しました。

※胴巻《どうま》き…お金《かね》を入《い》れ腹《はら》にまきつける袋《ふくろ》。

「ちと、大事《だいじ》なもんで」

「へえ、よござんすよ」

おかみさんはうけとって、びっくり。ずっしりと重《おも》いんです。銭《ぜに》のこすれあう、ちゃりちゃりいう音《おと》もしました。たぶんあきないの売《う》りあげでしょう。

おかみさんは帳場《ちょうば》のうしろのかぎのかかる棚《たな》にしまいました。

「では、こちらへどうぞ」

おかみさんの頭《あたま》の中《なか》には、あのずしんとく

る胴巻《どうま》きが、たえずうかんできます。案内《あんない》をするときも、ざぶとんを出《だ》すときも、お茶《ちゃ》を出《だ》すときも……。

台所《だいどころ》にもどってきても、おちつきません。

「おかみさん」

まかないのかかりのお手伝《てつだ》いさんがいいました。

「そろそろ、夜《よる》のこんだてにかかるんですけどさ。なににしましょうかね。じつはさっき、裏《うら》に行《い》ったら、みょうががいっぱい出《で》ていやした。あれを梅《うめ》の酢《す》につけて、ちょいと色《いろ》をつけ、出《だ》したらどうかね。夏《なつ》らしい一品《いっぴん》になるんじゃねえかねえ」

「ああ、いいかもしんない」

　おかみさんは、みょうがは食《た》べすぎると、ものわすれをするといういいつたえを思《おも》いだしました。

（そうだ。あの客《きゃく》に胴巻《どうま》きのことをわすれさせてやろう）

「みょうがは季節《きせつ》のものだしねえ。てんぷらにしたらどうだい？　汁《しる》の実《み》にうかべてもいいよ。うん、千切《せんぎ》りにして、さしみのつまにしたら？　たっぷりもりつけんのさ。ああ、煮《に》つけってのはどうだい？　ね、煮《に》つけも

みょうがでいこうよ。『みょうが御膳《ごぜん》』さ」

「あれっ、みょうがばっか？」

「土地《とち》の名物《めいぶつ》っていえばいい」

みょうがは夏《なつ》にふさわしい、さっぱりしたお味《あじ》です。品《ひん》のいい色《いろ》あいも、ほんのりした香《かお》りも、ぴりっとくる辛味《からみ》もなかなかで、日《に》本料理《ほんりょうり》の夏《なつ》の膳《ぜん》には、よろこばれます。

それに、みょうがをたくさん食《た》べると、ものわすれをするという、あのいいつたえ。とにかくみょうが攻《ぜ》めっきゃない！　あの客《きゃく》が胴巻《どうま》きをわすれてくれりゃ、こっちのもの！　うまくいきそうでした。

だって「みょうが御膳《ごぜん》」を出《だ》したとき、客《きゃく》は大《おお》よろこび。目《め》の色《いろ》をかえました。

「ほう、ほう。みょうがづくしとはめずらしい。みょうがはおいらの好《こう》物《ぶつ》でね」


さて、つぎの朝《あさ》。

客《きゃく》はおきてくるといいました。

「ゆうべのみょうがはうまかった。旅《たび》のつかれがいっぺんにとれた」

そして、つづけました。

「元気《げんき》をもらったんで、もうひとかせぎさしてもらうべ。早立《はやだ》ちするわ。おらの胴巻《どうま》き出《だ》してけろ」

客《きゃく》はわすれていませんでした。やれやれ。

おかみさんはがっかり。

でも、やはりみょうがは食《た》べすぎると、ものわすれするというのも、ほんとうかもしれません。だって、客《きゃく》は宿賃《やどちん》をはらっていくのをわすれたのですから。

学校探検《がっこうたんけん》 旧校舎編《きゅうこうしゃへん》 4
体育倉庫《たいいくそうこ》
探検隊《たんけんたい》 D班《ディーはん》 幽麗華《ゆうれいか》・カマイタチのイタッチ・ろくろくびのび太《た》
休《やす》み時間《じかん》
ガラ…
お！
古《ふる》いけど きちんと 整理《せいり》してあるな
でも ちょっと カビくさい…
奥《おく》に地下室《ちかしつ》の 入《い》り口《ぐち》がある らしいのよ
ひみつの 財宝《ざいほう》は そこかな？
!!
あっ！ いまなにか光《ひか》った。 お宝《たから》か!?
キラ…
グローブ
……ん？
……こっちに 近《ちか》づいてくる！
うわぁぁ〜！

わ～
まって
まって!!
あやしいもの
じゃないよ～
ぼ…ぼく
ずっとここに
住《す》んでるんだ
ここには
地下室《ちかしつ》はないよ
な～んだ
ないのかぁ
じゃあ
ここは
もういいな
行《い》こーぜ!
……
………

5時《じ》間《かん》目《め》

七番目《ななばんめ》のトイレ

北村規子《きたむらのりこ》

睦美《むつみ》は大学《だいがく》二年生《ねんせい》。就活《しゅうかつ》にはまだ時間《じかん》もあるし、勉強《べんきょう》よりも遊《あそ》びに気《き》持《も》ちはかたむきがちだ。

それにしてもその日《ひ》は間《ま》がぬけていた。友人《ゆうじん》たちとの飲《の》み会《かい》がもりあがり、うっかり終電《しゅうでん》をのがしてしまったのだ。家《いえ》に帰《かえ》るには歩《ある》くしかなかった。

二時間近《じかんちか》くもくもくと歩《ある》いているうちに、見《み》おぼえのある自分《じぶん》の住《す》む町《まち》に入《はい》った。大《おお》きな公園《こうえん》がある。ここをつっきるとすこしは家《いえ》までの近《ちか》道《みち》になる。神社跡《じんじゃあと》をいかした公園《こうえん》らしく、木《き》が多《おお》く風格《ふうかく》はあるのだが、夜《よる》になるとかなりぶきみだ。しばらく歩《ある》くと奥《おく》からカーンカーンと耳《みみ》なれない音《おと》が聞《き》こえてきた。

(なんだろう？)

こわごわ音《おと》をたよりに歩《ある》きだすと、森《もり》の奥《おく》であかりがちらちらゆれている。あれだ。そっと近《ちか》づくと、白《しろ》い着物《きもの》を着《き》た女《おんな》が、木《き》にむかっているのが見《み》えた。あかりはその女《おんな》の頭《あたま》をかこんでゆらめく、ろうそくの火《ひ》だった。

(あれなに？　なにしてるんだろう。白《しろ》い着物《きもの》だけど……。幽霊《ゆうれい》じゃな

いよねえ)

それにしても異様《いよう》な雰囲気《ふんいき》だ。夜中《よなか》の二時《じ》ごろ、幽霊《ゆうれい》みたいな女《おんな》が、一心《いっしん》になにかを木《き》にうちつけているのだ。カーンカーン。森《もり》の中《なか》、音《おと》だけがひびいてくる。ぞくっとした。

(やだ。なに? へんなモノ見《み》ちゃった。そっと帰《かえ》ろ)

足《あし》をしのばせて後《あと》ずさりしたそのときだ。夜中《よなか》だというのに、陽気《ようき》な音《おと》がひびいた。睦美《むつみ》の携帯《けいたい》だ。

(ひっ)

睦美《むつみ》が首《くび》をすくめたのと、女《おんな》がふりかえったのは同時《どうじ》だった。

「見《み》・た・な〜」

血《ち》の気《け》がひいた。

にげなきゃ。睦美《むつみ》は走《はし》りだした。家《いえ》に帰《かえ》んなきゃ。足《あし》が思《おも》うように進《すす》まない。ひざの力《ちから》がぬけて、がくがくする。ふりかえると女《おんな》が金《かな》づちをもっておいかけてくるのが見《み》えた。

睦美《むつみ》の行《ゆ》く先《さき》にトイレが見《み》えた。後先考《あとさきかんが》えず睦美《むつみ》はトイレにかけこんだ。一番奥《いちばんおく》のトイレに入《はい》るとかぎをかけた。

足音《あしおと》が近《ちか》づいてくる。はしから順《じゅん》にドアをあける音《おと》がする。

ギーッ

「ここにはいない」

女《おんな》がつぶやいている。ひとつ目《め》だ。

ギーッ

「ここにはいない」

かすれた声《こえ》が近《ちか》づいてくる。ふたつ目《め》だ。どうしよう。

ギーッ

「ここにはいない」

三《みっ》つ目《め》。どうしよう。どうしよう。殺《ころ》される。

四《よっ》つ目《め》、五《いつ》つ目《め》と音《おと》はどんどん近《ちか》づいてくる。

ギーッ

ついにとなりのドアがあけられた。

「ここにはいない」

うらめしそうにつぶやく声《こえ》がすぐ近《ちか》くで聞《き》こえた。

(いまのが六《むっ》つ目《め》。助《たす》けて!)

つぎは睦美《むつみ》の入《はい》っているトイレの番《ばん》だ。睦美《むつみ》は全身《ぜんしん》でドアをおさえた。しかし……なんの音《おと》もしなかった。

(助《たす》かった……?)

ふっと力《ちから》がぬけて上《うえ》を見《み》た。そこに、となりの個室《こしつ》の上《うえ》から見《み》おろす女《おんな》の顔《かお》があった。ふりみだした黒髪《くろかみ》。ろうそくの火《ひ》はもうきえている。

真《ま》っ白《しろ》にぬられた顔《かお》。赤《あか》いくちびる。ずるり。音《おと》を立《た》てて女《おんな》が首《くび》をのばした。女《おんな》のくらい穴《あな》のような目《め》が近《ちか》づき、睦美《むつみ》の顔《かお》をのぞきこんだ。

きゃあ〜

どこをどう走《はし》ったのかわからない。気《き》がついたら、バッグをほうりだし家《いえ》にかけこんでいた。

ひと晩《ばん》ねむれず、つぎの日《ひ》の朝《あさ》はやく、近所《きんじょ》のオカルト好《ず》きの親友《しんゆう》に女《おんな》のことを話《はな》しにいった。

「丑《うし》の刻参《こくまい》りだね」

さっそくこたえがかえってきた。

「殺《ころ》したいと思《おも》う人《ひと》の髪《かみ》の毛《け》かなんか入《い》れたわら人形作《にんぎょうつく》って、夜中《よなか》の二時《じ》ごろ、神社《じんじゃ》のご神木《しんぼく》にくぎでうちこむんだよ。あの公園《こうえん》、神社《じんじゃ》の跡地《あとち》だからね。だれにも見《み》られなかったら成功《せいこう》。でも他人《たにん》に見《み》られると自分《じぶん》にのろいがかえって、自分《じぶん》が死《し》んじゃうんだよね。のろいを達成《たっせい》するためには人《ひと》に見《み》られてはいけない」

あらためて自分《じぶん》はあぶなかったのだとわかり、ぞっとした。

睦美《むつみ》はバッグをひろいに友《とも》だちについてきてもらった。さいわいバッグはぶじ見《み》つかった。

「このへんの木《き》」

指《ゆび》さしたあたりにわら人形《にんぎょう》はなかった。あきらめたのだろう。トイレにも行《い》ってみた。

「このトイレ」
指《ゆび》さしたそこは、ぽっかり空《あ》いていた。
「……なんで？」
きのうはたしかに七番目《ななばんめ》のトイレに入《はい》ったのだ。それはまちがいない。しかし、いま、トイレは六《むっ》つしかなかった。

病室《びょうしつ》のろうかに聞《き》こえた足音《あしおと》

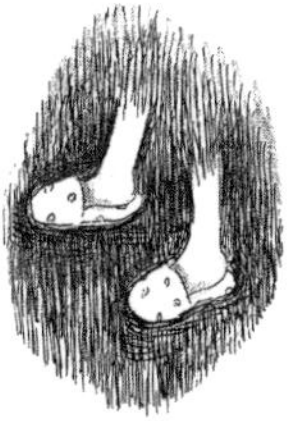

根岸英之《ねぎしひでゆき》

お父《とう》さんが、きゅうに病気《びょうき》になり、町《まち》なかの病院《びょういん》に入院《にゅういん》した。あまり大《おお》きくない、すこし古《ふる》びた病院《びょういん》だった。

入院《にゅういん》してから、一週間《しゅうかん》ほどすぎたときのこと。

わたしは学校《がっこう》を終《お》えると、お母《かあ》さんといっしょに、お見《み》まいにいった。

「お父《とう》さん、具合《ぐあい》はどう？」

「ああ、かなえか。まあ順調《じゅんちょう》に回復《かいふく》しているさ」

けれど、お父《とう》さんの顔《かお》は、どことなく、おちつかない表情《ひょうじょう》をしていた。

「あなた、でも、すこしようすがへんよ」

お母《かあ》さんが、声《こえ》をかけた。

すると、お父《とう》さんは、ベッドに体《からだ》をおこすと、

「う〜ん、じつは、ゆうべ、気《き》がかりなことがあってね」

遠《とお》くを見《み》つめながら、そうつぶやくのだ。

わたしとお母《かあ》さんは、お父《とう》さんのベッドをかこむようにすわった。

やがて、お父《とう》さんは、ぽつりぽつりと、話《はな》しはじめた。

ゆうべ、消灯時間《しょうとうじかん》もとっくにすぎた、夜中《よなか》のことだよ。

お父《とう》さんは、トイレに行《い》きたくなってね。

でも、何日《なんにち》も入院《にゅういん》しているといったって、やっぱり、夜中《よなか》の病院《びょういん》を、ひとりで歩《ある》くのはこわいものさ。

しばらく、もうすこしがまんしようか、心《こころ》をきめてひとりで行《い》こうかと、ベッドの上《うえ》で考《かんが》えていたんだ。

そうしたら、病室《びょうしつ》のろうかを、だれかがトイレのほうに行《い》くスリッパの音《おと》がしたのさ。パタパタパタって、なんだか子《こ》どものような感《かん》じもした。時計《とけい》を見《み》たら、針《はり》は午前《ごぜん》二時《じ》をさしていた。

(よかった。だれか、おなじように、トイレに行《い》きたくなった人《ひと》がいる

みたいだ)
お父《とう》さんは、ひとりじゃないという安心感《あんしんかん》も出《で》て、思《おも》いきって、うすぐらい病室《びょうしつ》のろうかを、トイレのほうへ歩《ある》いていった。
トイレにつくまでのろうかは、いくつかの病《びょう》室《しつ》が左右《さゆう》にあって、そこそこのきょりがある。
夜中《よなか》の病院《びょういん》は、ねしずまった人《ひと》の気配《けはい》や、病《びょう》気《き》とたたかっている人《ひと》の思《おも》いなんかが、ただよっているようで、あまり気持《きも》ちのいいもんじゃないなあ。

ようやくトイレの前《まえ》まできたけれど、人《ひと》の気配《けはい》はなかった。

（おや、だれもいないな）

お父《とう》さんは、スリッパをはきかえて、用《よう》をすませた。

（それにしても、さっきの足音《あしおと》は、なんだったんだろう？）

なんだかふしぎだったよ。

ほら、トイレの先《さき》を行《い》くと、げんかんのほうにむかうだろ？

だから、

（きっと、外《そと》に出《で》る人《ひと》の足音《あしおと》だったのかもしれない）

そう考《かんが》えた。

（でも、なんでこんな真夜中《まよなか》に。それに、子《こ》どもの足音《あしおと》のようにも聞《き》こえたんだけど……）

なんとなく、気《き》がかりなまま、お父《とう》さんは、病室《びょうしつ》にもどって、そのまま朝《あさ》までねむりこんでいたんだ。

それから、今朝《けさ》のことさ。

目《め》をさますと、病室《びょうしつ》の外《そと》のほうが、なんだかざわざわしているんだ。

お父《とう》さんは、ろうかに出《で》てみた。すると、となりの病室《びょうしつ》に入院《にゅういん》している顔見知《かおみし》りがとおりかかったんで、聞《き》いてみた。

「なにかあったんですか？」

「ああ、この先《さき》の病室《びょうしつ》に、男《おとこ》の子《こ》が入院《にゅういん》していたでしょ？　その男《おとこ》の子《こ》が亡《な》くなったんですよ」

「ええ、あの子《こ》が。それはとつぜんなことで」

「ねえ、きのうまでは、そんなふうには見《み》えませんでしたからねえ。明《あ》け方《がた》になって亡《な》くなったことがわかったらしくてね。わたしも、親《おや》ごさんと顔見知《かおみし》りだったから、病室《びょうしつ》をのぞかせてもらったんだけど、おだやかでくるしんだ表情《ひょうじょう》をしてなかったのが、せめてもでしたよ。

なんでも、亡《な》くなったのは、夜中《よなか》の二時《じ》ごろだっていうことですよ」

「夜中《よなか》の二時《じ》ごろっていうと？」

わたしは思《おも》わず、声《こえ》をあげた。

「ああ、お父《とう》さんが、ちょうどトイレに行《い》こうとして、足音《あしおと》を聞《き》いた時《じ》間《かん》とおなじころなんだよ」

お母《かあ》さんが、びっくりしたような顔《かお》でいった。

「まあ、じゃあ、あなたが聞《き》いた足音《あしおと》は、亡《な》くなった男《おとこ》の子《こ》の足音《あしおと》だったってこと？」

「さあ、それはどうかわからない。でも、男《おとこ》の子《こ》は長《なが》く入院《にゅういん》していたらしいからね。死《し》にぎわに、ご家族《かぞく》のところへ会《あ》いにいきたくなったのか、病院《びょういん》の外《そと》に遊《あそ》びに出《で》たくなったのか、そんなふうに、思《おも》いたくもなるじゃないか」

そうつぶやくお父《とう》さんの横顔《よこがお》を見《み》ていると、わたしも、

(お父《とう》さんのいうとおりかもしれない)

と、思《おも》われてならなかった。

そのとき、病室《びょうしつ》のろうかから、風《かぜ》がふわーっと、わたしたちのところにふきこんできた——。

学校《がっこう》探検《たんけん》 旧校舎《きゅうこうしゃ》編《へん》 5
図書室《としょしつ》
探検隊《たんけんたい》 E《イー》班《はん》 天狗《てんぐ》くん・魔女《まじょ》のまじょ子・座敷《ざしき》わらしの小夜《さよ》
休《やす》み時間《じかん》
やくそく
しずかにしよう
お経をよまないようにしよ
呪いのおまじないはやめ
古《ふる》い本《ほん》ばっかりね
でもどれもおもしろそう!
ねえ!! ここ見《み》てよ!
この本棚《ほんだな》のココ ほかと色《いろ》がちがう!
ん?
カチッ
ゴゴゴゴゴ
わっ
ズズーン……
ひみつの部屋《へや》だ!
やったあ!
そして これは……!!

歴代《れきだい》の生徒《せいと》たちの成績表《せいせきひょう》！アルバムも！
せいせきひょう
思い出写真
思い出絵画
河童《かっぱ》巻三《まきぞう》校長《こうちょう》や銀子《ぎんこ》先生《せんせい》のもあるよ
校長《こうちょう》先生《せんせい》さんすうにがてだったのね〜
キャッキャッ
わ〜鬼丸《おにまる》先生《せんせい》、成績《せいせき》わる〜い
これが財宝《ざいほう》？……なわけないよな

6時《じ》間《かん》目《め》

石灯《いしどう》ろうの足《あし》

千世《ちせ》繭子《まゆこ》

ある日《ひ》、徹《とおる》の家《いえ》に、大《おお》きな石《いし》をつんだ四《よん》トントラックがやってきた。

こけがついたたくさんの石《いし》には、見《み》おぼえがあった。

「どうしたのこれ？　じいちゃんとこの庭石《にわいし》だよね」

「ヨシおじさんよ。おじいちゃんが亡《な》くなって、庭《にわ》をこわすから石《いし》をすてちゃうっていうの。だからもらうことにしたんだけど……」

ヨシおじさんは、お母《かあ》さんのお兄《にい》さんだ。

「じいちゃんのじまんの石庭《せきてい》だったのにね」

「おじさんにとってはじゃまものだったの。前《まえ》から、古《ふる》くさい庭《にわ》をこわして駐車場《ちゅうしゃじょう》にしたかったからね」

「なんだか、じいちゃんかわいそうだね」

「そうなのよね。だから、石《いし》、うちでもらうことにしたのよ」

トラックが、らんぼうにどさどさと石《いし》をおろしてさっていくと、ショベルカーとたくさんの砂《すな》が運《はこ》ばれてきた。そして、あっというまに大《おお》きな石《いし》と砂《すな》が家《いえ》のまわりにおかれ、あとから運《はこ》ばれてきた数本《すうほん》の木《き》がうえられ、あたらしい石《いし》の庭《にわ》ができた。

「いい庭《にわ》になって、よかったわ。おじいちゃんもよろこんでるわね」

お母《かあ》さんは、ほっとした顔《かお》でいった。でも、それからまもなく、徹《とおる》の家《いえ》では奇怪《きかい》なことがつづいた。そのはじまりはお母《かあ》さんだった。

「わあー、いたあーい」

家《いえ》のまわりに石《いし》をくんですぐに、庭《にわ》を歩《ある》いていた母《かあ》さんがころんだ。そして、ケガのあとがみょうだった。右《みぎ》のひざ下《した》にうかんだギザギザの赤《あか》いアザ。

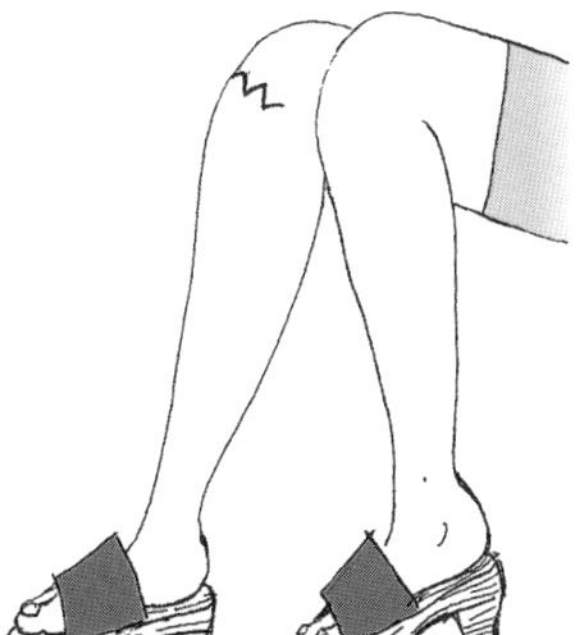

「ヘンな形《かたち》のアザだね」

きみが悪《わる》かったのは、そのアザが、なおるどころかどんどん色《いろ》こくなっていくことだった。

そして数日《すうじつ》たった夕《ゆう》ぐれのことだ。

「うわー、いたたあ、なんだよ」

おなじ場所《ばしょ》でお父《とう》さんがころんだ。

「庭《にわ》の石《いし》のあいだにうえたあじさいが元気《げんき》なく見《み》えたからな、水《みず》をやろうと思《おも》って。そしたら、きゅうに足《あし》がもつれてしまった……」

「あっ、そのアザ」

徹《とおる》はドキンとした。やっぱり、ひざ下《した》にはアザがうかびだしていた。

赤《あか》いギザギザのアザが……。お母《かあ》さんとおなじだった。

「じいちゃんがおこってるのかな？」

「やめてよ。石《いし》をすてたのはヨシおじさんよ。それをかわいそうだと思《おも》って、助《たす》けたようなものなのに、おこるなんておかしいわよ」

お母《かあ》さんはおこった。

「たしかにな。きっとぐうぜんだろう」

と、お父《とう》さんは笑《わら》った。

「でも、ほんとうにぐうぜんなのかな。なにか気《き》になるよ」

徹《とおる》は心《こころ》の中《なか》で思《おも》った。

（お母《かあ》さんとお父《とう》さんの足《あし》のアザの形《かたち》はふつうじゃない。まるでなにかのメッセージみたい……）

このままだと、じいちゃんが闇《やみ》の中《なか》で、なにかこわいものにかわっていくようで、それが悲《かな》しかった。

「このままだと、つぎはぼくなのか……なんとかしなくちゃ」

それから、徹《とおる》は庭《にわ》をしらべはじめた。

大好《だいす》きだったじいちゃんが、なにかをつたえたいんだろう。それをしりたいと思《おも》った。

「なんだろう、これ？」

庭《にわ》のすみっこに、トラックで運《はこ》びこまれたのに、つかわれなかった石《いし》のざんがいがおいてあった。その中《なか》に、見《み》おぼえのあるものがすてられていた。

「これ、じいちゃんの……」

それは、じいちゃんが大切《たいせつ》にしていた古《ふる》い石灯《いしどう》ろうだった。

大《おお》きな笠《かさ》、ロウソクをともす胴体《どうたい》、それらをささえる足《あし》がバラバラに石《いし》のなかにまじっていた。よくよく見《み》ると、三本《ぼん》の足《あし》のうち、一本《ぽん》がおれていた。

徹《とおる》はドキンとした。ギザギザにおれた部分《ぶぶん》

が、お母《かあ》さんとお父《とう》さんのアザの形《かたち》ににていた。

「一本《ぽん》、足《あし》がないじゃないか。もしかして、あそこ……」

徹《とおる》はふいに、ふたりがころんだ場《ば》所《しょ》のことが頭《あたま》にうかんだ。まさかという気《き》もしたが、すぐにほりかえしてみた。

「あっ、あった」

すると、土《つち》にまじって、おれた灯《とう》ろうの足《あし》が出《で》てきた。

「じいちゃんは、きっとこれが悲《かな》しかったんだ。だから、そのことをつたえたかったんだ、きっと……」

徹《とおる》は、このことをお父《とう》さんとお母《かあ》さんに話《はな》した。

三人《にん》で、ばらばらだった石灯《いしどう》ろうをくみあげて、足《あし》をもどしたのは、つぎの休日《きゅうじつ》のことだった。

「ロウソク、ともしてみようか」

その夜《よる》、石灯《いしどう》ろうの火《ひ》は、ほっとしたようにやさしくゆれていた。

ほんとうにふしぎだったのは、そのあとふたりの足《あし》から、あの赤《あか》いアザがきえていったことだった。


それから、これは徹《とおる》があとでしったことだけど、ヨシおじさんの足《あし》にも、庭《にわ》をこわしたときから、ギザギザの赤《あか》いアザがあるそうだ。

銃口蓋《じゅうこうがい》

小沢清子《おざわきよこ》

　太平洋戦争《たいへいようせんそう》のとき、おれの部隊《ぶたい》は、ニューギニアへ行《い》った。そのニューギニアについて三日目《みっかめ》のことだ。部隊《ぶたい》が戦闘訓練《せんとうくんれん》をおこなうことになったんだ。

　朝《あさ》、くらいうちに出発《しゅっぱつ》して、十キロ先《さき》の山《やま》のふもとが、目的地《もくてきち》だった。行《い》きはほふく前進《ぜんしん》といって、腹《はら》ばいのまま、両《りょう》ひじで歩《ある》くように進《すす》んだり、中腰《ちゅうごし》で走《はし》ったりして進《すす》んでいく。目的地《もくてきち》へつくと、五分休《ふんやす》んで、また十キロの道《みち》を、今度《こんど》はかけ足《あし》でもどってくる、という訓練《くんれん》だった。

それも、ただはったり、走《はし》ったりするだけじゃあない。たたかうときとまったくおなじ訓練《くんれん》だ。

重《おも》い背《はい》のうをせおって、銃《じゅう》をかかえていくんだから、たいへんだった。のどはかわく、腕《うで》はいたむ、足《あし》はつかれるで、兵舎《へいしゃ》にもどってからも、しばらくはひざがふるえていたよ。

ところがその訓練《くんれん》で、おなじ部隊《ぶたい》の三上《みかみ》と

背《はい》のう…四角《しかく》いリュックのようなもの

いう兵隊《へいたい》が、銃口蓋《じゅうこうがい》をおとしてしまったんだ。

銃口蓋《じゅうこうがい》というのは、銃《じゅう》の筒《つつ》の先《さき》についている、フタのことさ。一センチくらいのものだ。

あのころの軍隊《ぐんたい》は、きびしくおそろしいところだった。軍隊《ぐんたい》に入《はい》ったとき、軍服《ぐんぷく》とか、銃《じゅう》や背《はい》のうとか、靴《くつ》、戦闘帽《せんとうぼう》、水筒《すいとう》などをもらうのだが、命《いのち》より大切《たいせつ》にしろと命令《めいれい》された。

大切《たいせつ》に、手入《てい》れしてつかっているかどうか、毎日上官《まいにちじょうかん》がしらべにくるのさ。

とくに銃《じゅう》は、ホコリがひとつついていても、

「きさまぁー、おそれ多《おお》くも、天皇陛下《てんのうへいか》がくだされた銃《じゅう》を、そまつにし

たな。銃《じゅう》にあやまれ！」

って、どなられてなぐられる。その上《うえ》、

「銃《じゅう》どの、そまつにいたしまして、もうしわけありません。どうかおゆるしください」

なんて、銃《じゅう》に土下座《どげざ》してあやまらせられた。

そんなふうに、ホコリがちょっとついてもたいへんなのに、銃《じゅう》の部品《ぶひん》をなくしたとなると、ただじゃあすまない。おれたちの部隊全員《ぶたいぜんいん》が青《あお》くなった。だって軍隊《ぐんたい》では、だれかひとりが失敗すると、失敗した兵隊だけでなく、部隊全員《ぶたいぜんいん》が罰《ばつ》をうけるのさ。連帯責任《れんたいせきにん》というわけだ。三上《みかみ》が、銃口蓋《じゅうこうがい》をなくしたことをしった上官《じょうかん》は、三上《みかみ》を二十発《ぱつ》ぐらいなぐってから、

「三上《みかみ》の部隊《ぶたい》は全員《ぜんいん》、いまもどった道《みち》を、もう一度《いちど》さがせ。見《み》つかるまで飯《めし》はぬきだ」

と命令《めいれい》した。

みんな、ハアーッって、体《からだ》の力《ちから》がぬけたよ。もう一度《いちど》十キロの道《みち》を往《おう》復《ふく》するんだもの。

だけど、三上《みかみ》はもっと、つらかったろう。

「みんなぁ、おれのせいでめいわくをかけてすまない。かんべんしてく

れ！」

泣《な》きっ面《つら》して、仲間《なかま》にあやまっていた。

それから部隊全員《ぶたいぜんいん》で、草《くさ》をかきわけ、石《いし》をどかし、はいつくばってさがしたが、銃口蓋《じゅうこうがい》は見《み》つからなかった。小《ちい》さなものだ。おとしたはずみに、遠《とお》くへころがってったのだろう。

その夜《よる》、三上《みかみ》は便所《べんじょ》で首《くび》をつって自殺《じさつ》した。

三上《みかみ》が亡《な》くなって、二週間《しゅうかん》くらいたったころだろうか。ある晩《ばん》、おれは真夜中《まよなか》に、小便《しょうべん》に行《い》きたくて目《め》がさめた。

便所《べんじょ》へ行《い》くのはめんどうで、がまんしてねようとしたがねむれない。

とうとう便所《べんじょ》へおきた。

便所《べんじょ》の床《ゆか》は板《いた》だから、歩《ある》くと床板《ゆかいた》がギイッギイッときしむ音《おと》がして、きみが悪《わる》い。

それに昼間《ひるま》でもうすぐらいのに、夜《よる》は電球《でんきゅう》がひとつぶらさがっているだけだ。

電球《でんきゅう》の近《ちか》く以外《いがい》は、目《め》をこらさなければならないほどくらかった。おれはいそいで用《よう》を足《た》した。そして便所《べんじょ》の戸《と》をあけて、外《そと》へ出《で》ようとしたときだ。

耳《みみ》もとでなにか、ささやく声《こえ》がした。

おれはぎょっとした。となりにだれかいるのかと。目《め》をこらしたがだれもいない。

と、また耳《みみ》もとで、ささやくような声《こえ》が……。

「銃口蓋《じゅうこうがい》が……ない、銃口蓋《じゅうこうがい》をくれーっ」

三上《みかみ》だ。自殺《じさつ》した三上《みかみ》の声《こえ》だった。

悲《かな》しげに、すがりつくような声《こえ》だった。

おれはぞっとして、にげるように部屋《へや》へもどった。ベッドに入《はい》ってからも、三上《みかみ》の声《こえ》が耳《みみ》にのこってねむれない。三上《みかみ》がじっと、ベッドのわきに立《た》っているような気《き》がして、何度《なんど》も闇《やみ》の中《なか》をすかして見《み》た。

でも、いつのまにかねむったらしい。

朝《あさ》おきると、便所《べんじょ》の中《なか》の三上《みかみ》のことは、もう部隊中《ぶたいじゅう》にしれわたっていた。ゆうべおれのほかに、便所《べんじょ》へ行《い》った兵隊《へいたい》が、三上《みかみ》の声《こえ》を聞《き》いたのだという。

その日《ひ》から、三上《みかみ》の声《こえ》がする便所《べんじょ》は、きみ悪《わる》がって、だれもつかわなくなった。

それでも便所《べんじょ》へ行《い》くたびに、みんな三上《みかみ》のことを思《おも》いだすのさ。

ある日《ひ》、おれはふと、思《おも》いついた。

(三上《みかみ》のいる便所《べんじょ》へ、銃口蓋《じゅうこうがい》を入《い》れてやったらどうだろう？　三上《みかみ》の魂《たましい》が、いつまでも便所《べんじょ》の中《なか》で、さまよってちゃあかわいそうだ)

だけど、どうやって銃口蓋《じゅうこうがい》を、手《て》に入《い》れたらいいんだろう……。おれたちの銃口蓋《じゅうこうがい》を入《い》れてやるわけにはいかないし。もし上官《じょうかん》がしらべにきたとき、銃口蓋《じゅうこうがい》がなければ、どんなことになるかわからない。

そこでおれは、戦死《せんし》した兵隊《へいたい》の銃《じゅう》から、銃口蓋《じゅうこうがい》をはずしてきた。

そしてその銃口蓋《じゅうこうがい》を紙《かみ》にくるんで、三上《みかみ》のいる便所《べんじょ》の床《ゆか》へ、そっとおいてやった。

するとその日《ひ》から、便所《べんじょ》の中《なか》で、三上《みかみ》の声《こえ》は聞《き》こえなくなった。

帰《かえ》りのHR《ホームルーム》
テーマ
宝《たから》の場《ば》所《しょ》
A班《はん》
B班《はん》
C班《はん》
D班《はん》
E班《はん》
はーい
おしずかに～
ガヤ
ガヤ
ガヤ
ガヤ
あった～？
う～ん…
フフ…

日直《にっちょく》の二宮《にのみや》の銀《ぎん》ちゃんが、教《きょう》だんに立《た》ちました。

「今日《きょう》のHR《ホームルーム》は、休《やす》み時間《じかん》に見《み》てまわった旧校舎《きゅうこうしゃ》の報告会《ほうこくかい》にしたいと思《おも》います。班《はん》ごとに報告《ほうこく》してください」

A班《エーはん》の人面犬助《じんめんけんすけ》が話《はな》しはじめました。

「旧校舎《きゅうこうしゃ》にはひみつの部屋《へや》があって宝物《たからもの》があるというので、休《やす》み時間《じかん》にさがしました。ぼくたちA班《エーはん》は宿直室《しゅくちょくしつ》に行《い》きました。むかし先生《せんせい》たちが交代《こうたい》で学校《がっこう》にとまりこんでいたときにつかっていた部屋《へや》で、『あかずの間《ま》』だって聞《き》いていましたが、かぎはかかっていませんでした」

「だけど、そこには、先生《せんせい》の食《く》った弁当箱《べんとうばこ》があったんだぜ」

とガイコツのホネオ。

「ぼくらB《ビー》班《はん》は旧校舎《きゅうこうしゃ》のトイレに行《い》きました。ふかい穴《あな》がこわいし、おまけにドアをあけしめすると、ギギーッて音《おと》を立《た》てるんだ。四番目《よんばんめ》のトイレのまどから頭《あたま》がつるんとしたギョロ目《め》のおじさんがのぞいていた。がんばり入道《にゅうどう》っていう名前《なまえ》らしい。だけど、頭《あたま》がピカピカだけど宝《たから》物《もの》ってわけじゃないし……」

と、ぬらりひょんぬらりんがいいました。

「C《シー》班《はん》は、からっぽプールのわきの更衣室《こういしつ》に行《い》きました。だけど天窓《てんまど》のガラスはわれて、カー

テンはボロボロ。わすれ物《もの》なのか古《ふる》い服《ふく》があって、とてもお宝《たから》なんて！」

とタヌキのポン太《た》がいうと、猫又《ねこまた》ニャン子《こ》がいいました。

「そういえば、指輪《ゆびわ》かなと思《おも》ったら、カーテンのリングだったんだよね」

D班《ディーはん》の報告者《ほうこくしゃ》は、幽麗華《ゆうれいか》です。となりに見《み》なれない子《こ》が立《た》っています。

「わたしたちは、旧校舎《きゅうこうしゃ》のそばにある体育倉庫《たいいくそうこ》に行《い》きました。運動会《うんどうかい》のときにつかう大玉《おおだま》や綱《つな》引《ひ》きの綱《つな》、玉入《たまい》れの玉《たま》なんかがおいてあるところです。そこで財宝《ざいほう》をさがしていたら、この子《こ》にあったんです。天井《てんじょう》クモ助《すけ》くんです」

「おい、自己紹介《じこしょうかい》してみろ！」

と、カマイタチのイタッチがいいました。

「あのう、ぼくは体育倉庫《たいいくそうこ》に住《す》んでいる天井《てんじょう》クモ助《すけ》です。前《まえ》から学校《がっこう》に行《い》くようにいわれていたんですけど、勉強《べんきょう》はきらいだし、学校《がっこう》に行《い》きたくもありませんでした。だけど、みなさんが体育倉庫《たいいくそうこ》で楽《たの》しそうに話《はな》しているのを聞《き》いて、友《とも》だちっていいなって思《おも》いました。幽麗華《ゆうれいか》さんが『わたしも転校生《てんこうせい》よ。学校《がっこう》、楽《たの》しいわよ』ってさそってくれたんで、入《はい》りたくなりました。よろしくおねがいします」

…よろしく
おねがいします
ペコ

と、天井《てんじょう》クモ助《すけ》はもじもじしながらいいました。

E班《イーはん》は、魔女《まじょ》のまじょ子《こ》が報告《ほうこく》しはじめました。

「わたしたちは旧校舎《きゅうこうしゃ》の図書館《としょかん》に行《い》って、ぐうぜん、おすと回転《かいてん》する本棚《だな》を見《み》つけました。そして、その本棚《ほんだな》のうらにひみつの部屋《へや》がありました」

「えっ！　見《み》つけたんだ！」

とクラス中《じゅう》から歓声《かんせい》がわきました。

「その部屋《へや》には、いままでこの学園《がくえん》にかよったすべての生徒《せいと》の成績表《せいせきひょう》や生活記録《せいかつきろく》が保管《ほかん》してあって、なんといまぼくたちがならっている先生《せんせい》たちが生徒《せいと》だったときのも、あったんです！」

と、ちょっとじまんげに天狗《てんぐ》くんがいいました。

せいせきひょう
オウマガドキ学園
×△00年
アルバム
へえ〜〜〜!!

「えっ！　それで〜？」

「鬼丸先生《おにまるせんせい》のはどうだった？」「山姥銀子先生《やまうばぎんこせんせい》のは〜？」

教室中《きょうしつじゅう》からいろいろな声《こえ》があがりました。

「でもさあ、宝物《たからもの》って、その先生《せんせい》たちの成績表《せいせきひょう》なわけ？」

と、生徒《せいと》たちがいいあっていると、

「は、は、は。今日《きょう》のところは、宝物《たからもの》は見《み》つからなかったようだね。まあ、今日《きょう》のお宝《たから》はクモ助《すけ》くんということで。今日《きょう》からわが学園《がくえん》の生徒《せいと》です。みんな、よろしくたのむよ！」

いつやってきたのか、河童巻三校長《かっぱまきぞうこうちょう》が教《きょう》だんから天井《てんじょう》クモ助《すけ》を紹介《しょうかい》しました。

「ざんねんながら、今回《こんかい》は学園《がくえん》のお宝《たから》を見《み》つけることができませんでしたが、これは次回《じかい》のお楽《たの》しみとしましょう」

と二宮《にのみや》の銀《ぎん》ちゃんがいって、

「これで、今日《きょう》のHR《ホームルーム》を終《お》わります。起立《きりつ》、礼《れい》、さようなら！」

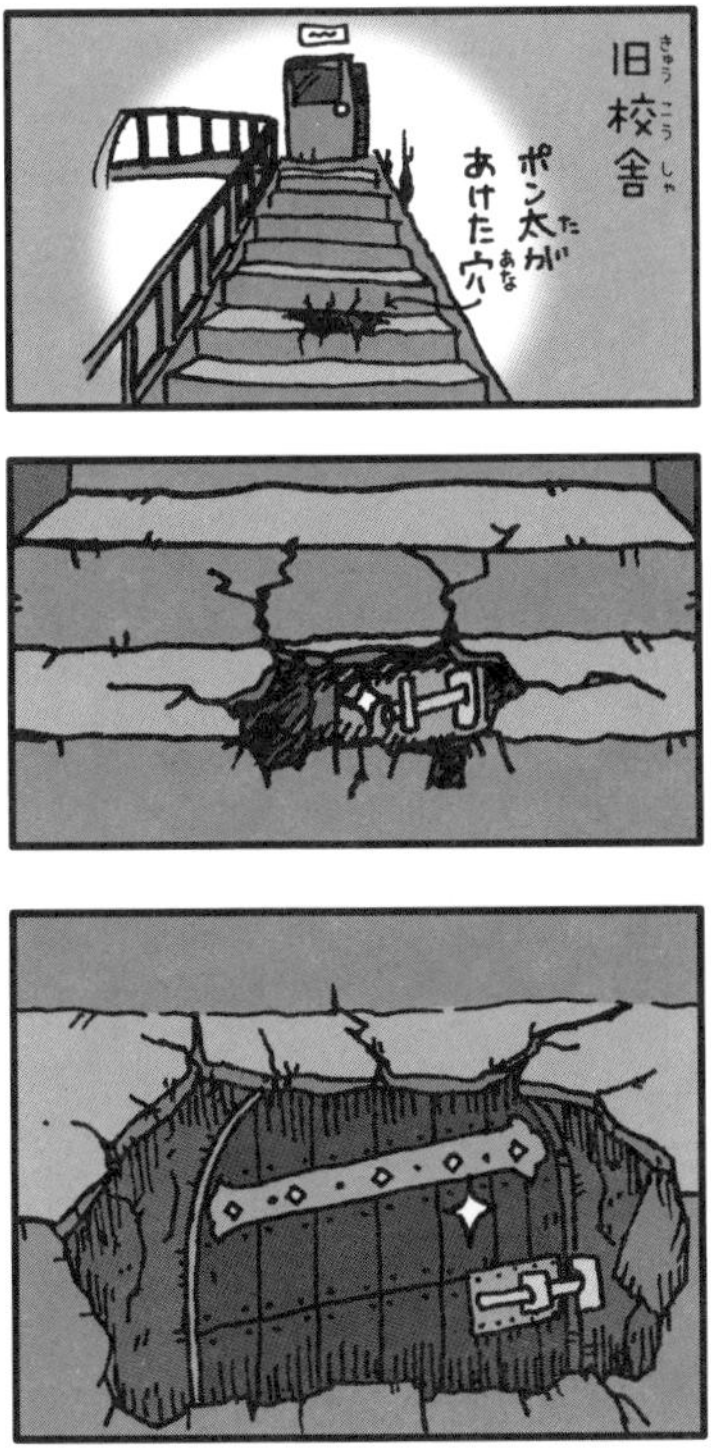

おしまい

解説《かいせつ》

常光《つねみつ》 徹《とおる》

こんばんは。授業《じゅぎょう》はいかがでしたか。家《いえ》、学校《がっこう》、駅《えき》……わたしたちの身《み》のまわりの建物《たてもの》は、日々《ひび》の生活《せいかつ》をすごす大切《たいせつ》なくらしの場《ば》です。今夜《こんや》の授業《じゅぎょう》は、建物《たてもの》にまつわる怪談《かいだん》やふしぎな話《はなし》に注目《ちゅうもく》しました。遠《とお》いむかしのお城《しろ》から現代《げんだい》のホテルまで、建物空《たてものくう》間《かん》をテーマにした話題《わだい》はとても変化《へんか》にとんでいます。

「はじまりのHR《ホームルーム》」では、新任《しんにん》のツチノココロン太先生《たせんせい》が紹介《しょうかい》されました。オウマガドキ学園《がくえん》の卒業生《そつぎょうせい》です。山《やま》をころがりおりるのが趣味《しゅみ》だというのはユニークですね。旧校舎《きゅうこうしゃ》のどこかに財宝《ざいほう》がかくされているという話《はなし》に、教室《きょうしつ》がざわめきました。もし発《はっ》見《けん》したら、「妖怪新聞《ようかいしんぶん》」の一面《いちめん》をかざる大《だい》ニュースになることまちがいなし。

1時間目《じかんめ》の**「かわった夜景《やけい》」**は、ホテルにとまった夫婦《ふうふ》が部屋《へや》から女性《じょせい》の幽霊《ゆうれい》を目《もく》撃《げき》した話《はなし》です。支配人《しはいにん》の説明《せつめい》では、日本庭園《にほんていえん》にあらわれる幽霊《ゆうれい》はその部屋《へや》からしか見《み》えないという。奇妙《きみょう》な現象《げんしょう》ですが、このうわさが広《ひろ》まれば、ほんとうにかわった夜景《やけい》として人気《にんき》のスポットになるかもしれません。**「土蔵《どぞう》に群《むら》がる幽霊《ゆうれい》」**は、京都《きょうと》の大学《だいがく》にかよう楓《かえで》の体験《たいけん》です。広《ひろ》い大通《おおどお》りには、第二次世界大戦中《だいにじせかいたいせんちゅう》のかなしい歴史《れきし》が横《よこ》たわっていました。建物疎開《たてものそかい》で強制的《きょうせいてき》に家《いえ》をこわされて、途方《とほう》にくれたのは人間《にんげん》だけではありません。帰《かえ》るべき家《いえ》をうしなった祖霊《それい》たちもまた途方《とほう》にくれたのです。

今日《きょう》の休《やす》み時間《じかん》は**「学校探検《がっこうたんけん》」**です。もちろん、ツチノコ先生《せんせい》から聞《き》いた旧校舎《きゅうこうしゃ》の財宝《ざいほう》を見《み》つけるのが目的《もくてき》。五《いつ》つの班《はん》を作《つく》り、手《て》わけをしてさがします。

2時間目《じかんめ》の**「貧乏神《びんぼうがみ》」**は、なまけ者《もの》の男《おとこ》が、大金持《おおがねも》ちになれるかもしれない夢《ゆめ》のようなチャンスに挑戦《ちょうせん》する話《はなし》です。しかし、失敗《しっぱい》をくりかえした末《すえ》に、出《で》ていったはずの貧乏神《びんぼうがみ》がもどってくるという皮肉《ひにく》な結末《けつまつ》が待《ま》っていました。まじめにはたらくことが貧乏神《びんぼうがみ》をおいだす一番良《いちばんよ》い方法《ほうほう》かもしれません。**「魔物《まもの》の目《め》をあざむく」**は、ロシアの話《はなし》です。赤《あか》ん坊《ぼう》をねらう魔物《まもの》のアザの悪《わる》だくみを鍋墨《なべずみ》の呪力《じゅりょく》でのがれます。乳幼《にゅうよう》児《じ》を外《そと》につれだす際《さい》、魔《ま》よけのために額《ひたい》に鍋墨《なべずみ》をつける習俗《しゅうぞく》は日本《にほん》でも広《ひろ》くおこなわれていました。鍋尻《なべじり》をやく火炎《かえん》のいきおいの結晶《けっしょう》が鍋墨《なべずみ》で、呪力《じゅりょく》の源《みなもと》には火《ひ》の威力《いりょく》がひかえています。

3時間目《じかんめ》の**「本《ほん》の虫《むし》」**は本《ほん》が好《す》きだったヒロ兄《にい》の話《はなし》です。書斎《しょさい》で本《ほん》の虫《むし》に変身《へんしん》したという学者《がくしゃ》の話《はなし》は、わたしの心《こころ》のどこかで行方《ゆくえ》知《し》れずのヒロ兄《にい》と重《かさ》なったのでしょうか。現実《げんじつ》と物語《ものがたり》世界《せかい》がとけあったふしぎな余韻《よいん》がただよっています。**「地下室《ちかしつ》のドラゴン」**には、くらい地下室《ちかしつ》に入《い》れられた使用人《しようにん》の恐怖《きょうふ》が生《なま》なましくつたわってきます。ぶきみな怪物《かいぶつ》の正体《しょうたい》は、口《くち》から火《ひ》をふくドラゴンでした。興味《きょうみ》ぶかいのは、これが百五十年《ねん》ほど前《まえ》の新聞《しんぶん》にほんとうにあった出来事《できごと》として紹介《しょうかい》されたことでしょう。

4時間目《じかんめ》の**「シントラのふたりの兄弟《きょうだい》」**には、ひとりの美《うつく》しい娘《むすめ》をめぐる兄弟《きょうだい》の悲《ひ》劇《げき》が描《えが》かれています。気《き》づかなかったとはいえ、兄《あに》のリカルドを殺《ころ》してしまったエリオのショックと悲《かな》しみには想像《そうぞう》を絶《ぜっ》するものがあります。しかし、一歩《いっぽ》まちがえば、リカルドをおそった悲《かな》しみだったかもしれません。**「悪魔《あくま》の城《しろ》へ行《い》ったふたりの娘《むすめ》」**は、心《こころ》のやさしい継子《ままこ》が富《とみ》を手《て》に入《い》れ、まねをした実《じつ》の娘《むすめ》が悲惨《ひさん》な目《め》にあう昔話《むかしばなし》です。このモチーフをもつ継子話《ままこばなし》は日本《にほん》でも語《かた》られています。ながれるような話《はなし》の展開《てんかい》は、悪魔《あくま》と娘《むすめ》のやり取《と》りのリズミカルなくりかえしから生《う》まれるのでしょう。

本日《ほんじつ》の給食《きゅうしょく》の時間《じかん》は**「みょうがの宿《やど》」**。旅人《たびびと》にたらふくみょうがを食《く》わせて、銭《ぜに》をだましとろうとした宿《やど》のおかみが、反対《はんたい》に損《そん》をしたという笑《わら》い話《ばなし》。みょうがを食《た》べると物《もの》わすれするとの俗信《ぞくしん》は、江戸時代初期《えどじだいしょき》の『醒睡笑《せいすいしょう》』（安楽庵策伝《あんらくあんさくでん》・著《ちょ》）にも出《で》ているので、はやくからしられていたことがわかります。

5時間目《じかんめ》の**「七番目《ななばんめ》のトイレ」**は、深夜《しんや》の公園《こうえん》でぐうぜん丑《うし》の刻参《こくまい》りを目撃《もくげき》した話《はなし》です。公衆《こうしゅう》トイレの一番奥《いちばんおく》にかくれた睦美《むつみ》をさがして、女《おんな》のぶきみな声《こえ》がせまってきます。最後《さいご》に、上《うえ》から見《み》おろす女《おんな》の顔《かお》と目《め》があった瞬間《しゅんかん》、いいしれぬ恐怖《きょうふ》が走《はし》り、睦《むつ》美《み》はパニックに。この話《はなし》は学校《がっこう》の怪談《かいだん》としても人気《にんき》があります。**「病室《びょうしつ》のろうかに聞《き》こえた足音《あしおと》」**は、深夜《しんや》の病院《びょういん》が舞台《ぶたい》です。お父《とう》さんが聞《き》いたろうかの足音《あしおと》は、亡《な》くなった男《おとこ》の子《こ》だったのでしょうか。足音《あしおと》を耳《みみ》にした時間《じかん》と死亡時刻《しぼうじこく》の一致《いっち》が、ぐうぜんではかたづけられないふしぎなつながりを感《かん》じさせます。

6時間目《じかんめ》の**「石灯《いしどう》ろうの足《あし》」**は、じいちゃんが大切《たいせつ》にしていた石灯《いしどう》ろうにまつわる出来事《できごと》です。連続《れんぞく》しておきた両親《りょうしん》の転倒《てんとう》と足《あし》のへんなアザ。徹《とおる》のじいちゃんへのふかい気持《きも》ちとひらめきが、灯《とう》ろうの折《お》れた足《あし》の発見《はっけん》につながりました。人《ひと》の思《おも》いのこもったものを粗末《そまつ》にあつかうことに対《たい》する、見《み》えない怒《いか》りがこめられています。「銃口《じゅうこう》蓋《がい》」は、戦争《せんそう》という現実《げんじつ》のなかでおきた暴力的《ぼうりょくてき》で理不尽《りふじん》な世界《せかい》をえがいています。銃《じゅう》口蓋《こうがい》をおとした三上《みかみ》の苦《くる》しみは、失《な》くした責任以上《せきにんいじょう》に、まわりの仲間《なかま》につらい思《おも》いをさせてしまったという自責《じせき》の念《ねん》だったにちがいありません。それをしっている仲間《なかま》だからこそ、無念《むねん》のささやきが聞《き》こえてきたのです。

「帰《かえ》りのHR《ホームルーム》」は、日直《にっちょく》の二宮《にのみや》の銀《ぎん》ちゃんが担当《たんとう》です。A《エー》班《はん》から順番《じゅんばん》に探検《たんけん》の結果《けっか》の報告《ほうこく》がありました。しかし、ざんねんながら財宝《ざいほう》の発見《はっけん》には至《いた》らなかったようです。でも、探検《たんけん》のおかげで思《おも》わぬ成果《せいか》がありました。体育倉庫《たいいくそうこ》に住《す》んでいる天井《てんじょう》クモ助《すけ》がいっしょに勉強《べんきょう》することになったのです。旧校舎《きゅうこうしゃ》にはまだ謎《なぞ》の部屋《へや》がありそうです。探検《たんけん》をつづければ財宝《ざいほう》が発見《はっけん》されるかもしれません。それでは、あすも元気《げんき》に登校《とうこう》しましょう。

怪談オウマガドキ学園編集委員会

常光 徹（責任編集） 岩倉千春
高津美保子 米屋陽一

協力
日本民話の会

方言協力
服部千春（京都弁）

怪談オウマガドキ学園
17 旧校舎のあかずの部屋

2016年 4 月15日 第1刷発行
2018年10月15日 第3刷発行

怪談オウマガドキ学園編集委員会・責任編集 ■ 常光 徹
絵・デザイン ■ 村田桃香（京田クリエーション）
絵 ■ かとうくみこ 山﨑克己
写真 ■ 岡倉禎志
撮影協力 ■ 東京都檜原村数馬分校記念館

発行所 株式会社童心社
〒112-0011 東京都文京区千石4-6-6
03-5976-4181（代表） 03-5976-4402（編集）
印刷 株式会社光陽メディア
製本 株式会社難波製本

Published by DOSHINSHA Printed in Japan
ISBN978-4-494-01725-6 NDC913 158p 17.9×12.9cm
https://www.doshinsha.co.jp/

怪《かい》談《だん》オウマガドキ学《がく》園《えん》シリーズ

1. 真《ま》夜《よ》中《なか》の入《にゅう》学《がく》式《しき》
2. 放《ほう》課《か》後《ご》の謎《なぞ》メール
3. テストの前《まえ》には占《うらな》いを
4. 遠《えん》足《そく》は幽《ゆう》霊《れい》バスで
5. 冬《ふゆ》休《やす》みのきもだめし
6. 幽《ゆう》霊《れい》の転《てん》校《こう》生《せい》
7. うしみつ時《どき》の音《おん》楽《がく》室《しつ》
8. 夏《なつ》休《やす》みは百《ひゃく》物《もの》語《がたり》
9. 猫《ねこ》と狐《きつね》の化《ば》け方《かた》教《きょう》室《しつ》
10. 4時《じ》44分《ぷん》44秒《びょう》の宿《しゅく》題《だい》
11. 休《やす》み時《じ》間《かん》のひみつゲーム
12. ぶきみな植《しょく》物《ぶつ》観《かん》察《さつ》
13. 妖《よう》怪《かい》博《はか》士《せ》の特《とく》別《べつ》授《じゅ》業《ぎょう》
14. あやしい月《つき》夜《よ》の通《つう》学《がく》路《ろ》
15. ぞくぞくドッキリ学《がく》園《えん》祭《さい》
16. 保《ほ》健《けん》室《しつ》で見《み》たこわい夢《ゆめ》
17. 旧《きゅう》校《こう》舎《しゃ》のあかずの部《へ》屋《や》
18. 真《ま》夏《なつ》の夜《よ》の水《すい》泳《えい》大《たい》会《かい》

オウガドキ学園《がくえん》4コマ劇場《げきじょう》

初代《しょだい》天狗《てんぐ》校長《こうちょう》の肖像《しょうぞう》画《が》